KB153666

사자의 꿈

SEOUL, 2013

사자의 꿈

초판 제1쇄 발행일 2013년 1월 20일
초판 제3쇄 발행일 2015년 1월 15일
지은이 최유정
발행인 이원주 발행처 (주)시공사
주소 서울시 서초구 사임당로 82
전화 영업 2046-2800 편집 2046-2821~4
인터넷 홈페이지 www.sigongsa.com

ISBN 978-89-527-6808-7 43810
ISBN 978-89-527-5572-8 (세트)

*홈페이지 회원으로 가입하시면 다양한 혜택이 주어집니다.
*잘못 만들어진 책은 구입하신 서점에서 바꾸어 드립니다.

사자의 꿈

최유정 지음

시공사

| 차례 |

사자의 꿈

1

새벽 3시다. 너무 오래 앉아 있었던 걸까? 허리를 펴자 엉덩이뼈가 부서질 것처럼 아프다. 구석에 처박혀 있는 방석이 눈에 들어온다. 방석은 종잇장처럼 납작하다. 하지만 뼈 으스러지는 고통보다는 낫겠지? 나는 주춤주춤 일어나 방석을 집어 온다. 어쭈, 이름값을 하는 것인지 이젠 엉덩이뼈가 결리지 않는다. 의자 깊숙이 몸을 밀어 넣고 나는 숨을 깊이 들이쉰다. 오래 기다렸다는 듯 컴퓨터 화면이 내 목을 확 잡아끈다.

화면이 밝아진다. 칼이 나타난다! 휙, 칼날이 바람을 가른다. 기사가 웃는다. 머리끝이 쭈뼛 선다. 온몸으로 전기가 흐른다. 찌릿찌릿. 혈류를 타고 흐르는 전기가 숨구멍을 죄었다 풀고, 죄었다 풀고. 나는 정신 줄을 놓지 않으려 안간힘을 쓴다.

으윽, 잠깐 방심한 사이 칼날이 푹, 들어온다. 칼날은 내 장기 하나하나를 장난처럼 툭툭 건드리며 지나다닌다. 칼날이 건드리는 족족 움찔움찔, 내 몸은 민감하게 반응을 한다.

비 오듯 땀이 흐른다. 자판 위로, 책상 위로 땀방울이 뚝뚝 떨어진다. 나는 죽을힘을 다해 키를 눌러 댄다. 하지만 기사는 내 총을 쓱쓱 잘도 피한다. 나는 두 눈을 부릅뜨고 혼미해지려는 정신을 붙잡는다.

이대로 죽을 수는 없다. 집중해야 한다. 눈을 꼭 감고 나는 귓구멍을 확장한다. 미세한 소리까지 놓치면 안 된다. 기사의 발소리, 기사의 숨소리, 기사의 옷깃이 스치는 소리.

아, 이제 드디어 모든 것이 보이기 시작한다. 어디로 움직이는지, 어떤 표정인지. 나는 기사의 동선을 낱낱이 기억해 둔다. 그런데 갑자기 소리가 끊긴다. 소리들이 공기처럼 흩어지기 시작한다. 내 눈동자가 동공 반사라도 하듯 부풀어 오른다. 주먹이 불끈 쥐어진다. 돌멩이처럼 단단해진 종아리 근육들은 위기에 반응하느라 저절로 팽팽히 뭉치기 시작한다. 철심을 박아 놓은 것처럼 온몸이 딴딴해지자 나는 잽싸게 몸을 편다. 어금니를 깨물자 피비린내가 진동한다. 이젠 내 감각을 믿는 수밖에. 나는 피 냄새를 머금은 채 바람처럼 몸을 날린다.

휙. 내 주먹이 기사의 턱 한가운데를 날린다. 기사는 난데없는 가격에 놀라 칼을 놓친다. 뎅그렁. 칼 떨어지는 소리와 동시에 나는 다시 하이킥을 날린다. 기사가 맥없이 공중으로 붕, 떠오른다. 포물선을 그리며 기사의 몸이 순식간에 땅에 떨어진다. 지푸라기 휘날리는 소리보다 더 가볍디가벼운 소리. 나는 피 냄새 진동하는 침을 한 움큼, 꿀꺽 삼킨다.

피범벅인 기사가 나를 올려다본다. 살려 달라고 애원이라도 하고 싶은 거지. 쥐새끼만도 못한 놈. 나는 오른손에 쥐고 있는 총을 높이 치켜들고 씩 웃는다. 총신 위로 쨍, 햇빛이 반짝인다.

개운하다. 그런데 갑자기 손가락이 아파 온다. 추라도 매단 것처럼 손가락 마디마디가 무겁고 끊어질 듯 아프다. 손가락을 털자 맺혀 있던 것들이 짜르르, 전기처럼 빠져나간다. 손목부터 손가락 끝까지 찌릿찌릿 저려 온다.

문득, 내 숨통을 죄어 오던 칼날의 느낌이 되살아난다. 내장을 건드리며 깊이 파고들던 칼날의 느낌. 나는 흠칫 놀라며 의자 위로 올라앉는다. 두 팔로 무릎을 감싸 안고 얼굴을 처박는다. 아, 그래도 칼날은 내 귓속까지 파고든다. 달팽이관이라도 건드린 것인지 골이 흔들거린다. 이젠 그만 끝내고 싶은데. 끝내야 하는데.

나는 의자에서 벌떡 일어나 침대에 몸을 누인다. 몸을 누이자마자 잠이 쏟아진다. 생각들이 사라진다. 악몽도 사라진다. 점점, 점점 칼끝이 무디어진다. 칼날이 날 후벼 파도 이젠 전혀 고통스럽지 않다. 비로소 나는 시체처럼 잠을 잔다.

눈을 뜬다. 벌써 9시! 제기랄. 간신히 몸을 일으키자 멀미라도 하는 것처럼 속이 울렁거린다. 최악의 컨디션. 정말 죽을 맛이다.

엎친 데 덮친 격일까? 시끄러운 소리가 들려온다. 엄마 아빠의 악다구니. 어쩌자고 둘은 아침부터 저리 싸워 대는 것일까? 조용해진 틈을 타 방문을 살짝 열어 본다. 엄마는 소파에 앉아 있고 아빠는 나를 등진 채로 베란다 밖을 내다보고 있다. 나는 조금 더 용기를 내서 방문을 밀어 본다. 삐거덕. 젠장. 문소리에 지레 놀란 나는 기겁을 하고 만다. 그런데 문을 닫을 새도 없이 사각 휴지통이 내게 날아온다. 나는 얼떨결에 꽝 소리 나게 문을 닫는다. 술……. 씨발……. 외박……. 닫힌 문틈 사이로 사정없이 욕 덩어리가 날아든다. 그러고 보니 아빠는 내가 잠들기 전까지도 집에 들어오지 않았다. 번뜩, 피하는 게 상책이란 생각이 든다. 나는 다급해진다. 허둥지둥 책가방을 찾기 시작한다. 그러다 불현듯 지민이를 떠올린다.

지민이는 8시 10분에 유치원 차를 타야 한다. 평상시엔 내가 차에 태워 보내 주는데 둘이 저러고 있으니 제 방에 갇혀 오도가도 못 하고 있을 게 분명하다. 하지만 지금 당장 무엇을 할 수 있겠는가? 책가방을 찾아내 대충 둘러메고 나는 방을 나선다. 지민이 생각이 찰거머리처럼 들러붙어 발목을 붙잡았지만, 나는 방을 빠져나와 곧장 현관으로 걸어간다. 엄마 아빠는 내가 방을 빠져나가는 것도, 현관문을 여는 것도 눈치채지 못한다. 그들에게 나는 사라져 주면 그저 고마운 존재일 테니까.

그렇게 막 현관문을 닫고 나오려는 순간, 내 시선이 현관문 틈새로 대각선 방향을 훔쳐본다. 아, 진짜! 보지 말아야 할 것을 보고야 말았다. 지민이다. 지민이가 제 방문을 빼꼼 열고 나를 보고 있다. 나는 바로 현관문을 닫아 버린다. 형, 무서워. 형, 나

좀 데리고 가 줘. 나를 바라보던 지민이의 애타는 눈빛.

누가 쫓아오기라도 하는 것처럼 부리나케 계단을 뛰어 내려간다. 내 등 너머로 엄마 아빠의 욕설이 아파트 벽을 뚫고 들려온다.

상호에게 아침은 하루 중 최악의 시간이다. 엄마는 그런 상호를 늘 못마땅해했다. 상호가 새벽 3, 4시까지 컴퓨터에 매달려 있다는 걸 알지 못하는 엄마로선 수업 시간 전까지 침대에서 뭉개고 있는 상호가 이해될 리 만무했다.

하지만 군말 없는 상호를 엄마는 그냥 믿기로 했다. 사실, 엄마는 모든 게 귀찮았다. 잔소리를 한다고 해서 뭐가 달라질까 싶기도 했다. 늘 꽉 차 있는 엄마 스케줄에 상호나 지민이가 끼어들 틈이 없다는 게 이유라면 진짜 이유였다.

오히려 엄마는 아빠가 더 못마땅했다. 오늘 아침만 해도 그랬다. 상호 아빠는 팬티만 입고 거실을 왔다 갔다 했다. 속옷 차림으로 돌아다니지 말라고 그렇게 말했건만. 아빠는 엄마가 눈치를 줘도 상관없다는 듯, 팬티 차림으로 소파에 벌러덩 누웠다. 소파 가죽 구겨지는 소리가 상호 방까지 들려왔다.

엄마는 개수대 수도꼭지를 신경질적으로 열었다. 물이 사방으로 튕겨 나갔다.

"물 가져와."

엄마는 들은 척도 하지 않았다. 대신 수도꼭지를 더 확 열었다. 한꺼번에 쏟아지는 수돗물 때문에 플라스틱 바가지 안의 쌀은 난장판이 되고 말았다. 절반은 튕겨 나갔고 또 절반은 물에 둥둥 떠 흘러 나갔다.

"안 들려?"

아빠가 버럭 고함을 질러 댔다.

"일하고 있잖아!"

엄마도 만만치 않았다. 엄마의 거친 손길까지 가세해 이젠 바가지 안의 쌀은 거의 남아 있지 않았다. 엄마는 수도꼭지를 잠글 생각조차 하지 않았다.

"에잇."

아빠가 소파에서 벌떡 일어났다. 아빠는 팬티 바람이라는 것도 잊은 건지 저벅저벅 현관으로 걸어갔다. 그러고는 버젓이 밖으로 나가 신문을 집어 들고 왔다. 지겨워, 지겨워. 등에 눈이라도 달린 것처럼 아빠 행동 하나하나에 엄마의 한숨 소리가 따라붙었다. 아빠는 소파에 다시 벌러덩 누워 신문을 뒤적거렸다. 신문은 금방이라도 찢어질 것처럼 아빠 손에서 심하게 보대꼈다. 엄마가 라디오를 틀었다. 라디오 소리가 물소리에 섞여 들었다. 엄마 아빠의 중얼거림도 함께. 집구석이라고 쉴……, 쏴쏴, 행복한 아침이네요, 아침

공기가 상쾌……, 쏴쏴, 웬수도 저런 웬수가 없…….

상호네 집은 거의 매일, 이렇게 아침을 열었다. 배경 화면처럼 박혀 버린 풍경이었다. 상호 가족에겐 너무 익숙해진 일상의 모습이었다.

엄마가 거실로 걸어 나왔다. 화를 주체하지 못하겠는지 엄마는 일부러 쿵쾅거리며 걸었다. 엄마가 소파에 누워 있는 아빠를 내려다보았다.

"오늘 지민이 밥 좀 챙겨 줘. 저녁에 약속 있어서 늦을 거니까."

거의 명령조였다. 아빠는 허공에 뜬 신문만 계속 올려다보고 있었다.

"안 들려? 대답을 해야 할 거 아니야?"

엄마가 한 걸음 더 다가와 다그쳤다. 그래도 아빠는 신문을 내려놓지 않았다. 종이 부스럭거리는 소리도 들리지 않게 신문을 반듯이 들고 누워만 있었다. 신문이 공중 부양이라도 하는 것처럼 보였다.

"왜 아무 말도 안 하는 거야. 귓구멍이 막혔어?"

"언제는 내 말 듣고 싸돌아다녔냐? 당신 마음대로……."

아빠 목소리는 낮았지만 힐난조였다. 비아냥거릴 것이 더 남아 있다는 듯 아빠가 신문을 휙, 거두었다.

"도대체 무슨 말을 그렇게 해? 그렇게밖엔 말 못 해?"

하지만 아빠에게 말머리를 잡힐 엄마가 아니었다. 목청을 찢어 버릴 작정인 듯 엄마가 버럭 소리를 질렀다.

늘 싸움은 이렇게 시작되었다. 싸움이 시작되면 엄마 아빠는 상호 따윈 신경 쓰지 않았다. 물론 지민이도 예외는 아니었다.

엄마는 화를 견디지 못하겠는지 주방으로 가 바가지를 아예 엎어 버렸다. 그러고는 화장실로 들어갔다. 엄마가 사라지자 기다렸다는 듯 아빠는 거실 바닥에 신문을 내동댕이쳤다. 아빠는 안방으로 들어가 버렸다.

이럴 때마다, 상호는 도둑고양이처럼 제 방을 빠져나와 지민이 방으로 가곤 했다. 불붙은 집 안에 지민이를 두고 혼자 도망치면 안 되니까. 방문을 열었을 때 지민이가 잠들어 있다면 그나마 천만다행. 새근새근 자고 있는 지민이를 발견할 때면 그제야 상호 입가에 안도의 미소가 머금어졌다.

2

엄마는 하루가 부족한 사람이었다. 아파트 부녀회 활동으로도 바빴고 동네 자치위원 활동으로도 바빴다.

아빠 역시 그랬다. 물론 아빠는 아빠의 바쁨이 엄마와는 차원이 다르다고 말했다. 돈을 벌기 위해 사람을 만나야 하고 돈을 벌기 위해 술을 마셔야 한다고 했다. 아빠는 집에 들어오지 않는 날도 허다했는데, 이 모든 게 다 가족을 위해서라고 앵무새처럼 뇌까리곤 했다.

아빠는 술을 마신 날과 마시지 않은 날이 판이하게 달랐다. 술 마신 날은 분수처럼 말을 뿜어 댔다. 욕이 태반인 말은 거침이 없어, 진짜 저 사람이 아빠인가, 싶을 정도였다. 술은 아빠를 변신시켰다. 술을 마시지 않는 날보다 술 마시는 날이 많아진 요즘, 그래서일까? 상호 눈엔 아빠가 살쾡이, 아니 앞발로 먹이를 누르고 서 있는 사자 같아 보였다.

요사이 엄마가 더 밖으로 도는 건 아무래도 그런 아빠 때문인 것 같았다. 아니, 아빠가 밖으로 쏘다니는 엄마 때문에 더 자주 술을 마셔 대는 것 같기도 했다. 어디가 시작이고 어디가 끝인 것일까? 상호는 실마리가 보이지 않는 문제를 껴안고 있는 것처럼 늘 난감하고 답답했다. 어떨 땐 화가 치솟기도 했다.

그렇더라도 상호는 누구도 원망하지 않았다. 상호는 서로를 원망만 하는 엄마 아빠에게 지쳐 있었다. 엄마 아빠를 미워하기 시작하면 저도 엄마 아빠처럼 살 것 같다는 강박에 늘 짓눌려 살았다.

이렇게 야무지게 마음먹고 있어도 유독 상호 제 마음대

로 되지 않을 때가 있었다. 잘 참다가도 불쑥 화가 치밀어 올랐다. 화는 절대로 저 혼자 없어지지 않았다. 소리라도 지르면, 아무나 후려갈기면 가슴이 시원해질 것도 같은데. 화 덩어리를 부숴 버릴 수 있을 것도 같은데. 문제는 상호에게 그럴 용기가 없다는 거였다. 이럴 때면 미칠 것 같아 벽에 머리라도 부딪치고 싶었다.

그런 답답함이 상호의 가슴에 먼지처럼 켜켜이 쌓여 가는 어느 날이었다. 엄마와 싸우던 아빠가 문을 세게 닫고 방으로 들어갔다. 아빠 손아귀 힘이 얼마나 무지막지했는지 집이 흔들거릴 정도였다. 순간, 상호는 너무 어지러워 몸이 휘청거렸다.

그런데 그 순간이었다. 상호는 이상한 감정과 마주했다. 통쾌함이었다. 쾅 하고 집이 흔들리는 소리가 어지럼과 함께 체한 듯 막혀 있던 속을 대번에 뚫어 주었다. 엄마 아빠도 답답해진 마음을 이런 식으로 털어 내는 건 아닐까? 어쨌든 그때부터 상호에겐 문을 세게 닫는 버릇이 생겨났다.

물론 그 때문에 야단을 맞기도 했다. 하지만 야단 따위가 뭐 대수인가? 상호는 눈치를 봐 가며 번번이 통쾌함을 즐겼다. 엄마 아빠가 없을 땐, 지민이와 문 부수기 놀이를 하기도 했다. 상호가 안에서 문을 쾅 닫으면 지민이가 밖에서 다시 닫는 식이었다. 문은 경첩이 떨어져 나갈 정도로 혹사당하기 시작했다.

"누가 문을 이렇게 만들어 놓은 거야? 에잇."

어느 날, 너덜거리는 경첩을 보고 아빠가 물었다. 하지만 그뿐이었다. 날이면 날마다 술에 절어 사느라 아빠는 고장 난 문 따윈 까맣게 잊었다.

그보다 더한 일도 있었다. 상호 뒤만 졸졸 따라다니는 지민이가 문틈에 손을 집어넣은 것이었다. 그날따라 있는 힘껏 문을 밀어붙였는데 하필이면 문틈 새에 지민이 손가락이 물려 버렸다. 지민이는 피가 철철 나는 제 손가락을 내려다보면서도 울지 않았다. 놀란 마음이 아픔조차 앗아 간 듯했다. 상호는 붕대를 찾아 지민이 손에 감아 주었다. 지민이는 붕대에 피가 스며들기 시작하자 그제야 어깨를 들썩거렸다. 상호는 지민이의 등을 세게 내리쳤다. 눈물방울을 매단 채 상호를 올려다보는 지민이 표정엔 왜 맞았는지 모르겠다는 당혹감이 한껏 배어 있었다.

"말하면 가만있지 않을 거야. 너만 놔두고 이 집에서 나가 버릴 거야."

상호는 지민이를 윽박질렀다.

지민이가 고개를 세차게 흔들었다. 터져 나오려는 울음을 꾹 참은 채 지민이가 상호를 올려다보았다. 상호는 당장 지민이를 외면해 버렸다.

"진짜야. 나 혼자…… 나가 버릴 거야. 그러니까……."

그래도 마음이 놓이지 않아 상호는 한 번 더 지민이를 윽박질렀다.

지민이가 제 눈두덩을 꾹 눌렀다. 눈가에 번져 있던 눈물이 대번에 사라졌다. 지민이는 상호와 눈이 마주치자 씩 웃기까지 했다. 그런 지민이를 내려다보며 상호는 가슴이 아렸다. 이젠 상호 눈에 살짝 눈물이 고였다.

하지만 죄책감은 그리 오래가지 않았다. 곧 지민이도 이쯤은 참아 내야 한다는 생각이 들었다. 그러자 모든 게 쉬워졌다. 죄책감 대신 승리감이, 불안함 대신 짜릿함이 상호 안에 그득그득 들어차기 시작했다. 상호는 이제 제가 고양이고, 지민이가 쥐라고 생각했다. 쥐는 고양이가 코털만 움직여도 꼼짝하지 못한다. 이런 생각을 하면 상호는 흡족하기까지 했다. 흡족함은 상호를 흥분시켰다. 왜 나는 지금까지 단 한 번도 고양이였던 적이 없지? 하는 식의 다소 씁쓸한 생각도 덩달아 상호를 부추겼다. 그러나 그런 씁쓸한 감정 따윈 아주 잠깐이었다. 고양이 발톱 앞에 떨고 있는 쥐를 떠올리면 상호는 실실 웃음이 나왔다. 상호는 고양이의 당당함을 가진 자신이 너무 대견해 샐쭉샐쭉 웃곤 했다.

그렇더라도 꼼짝없이 당하기만 하는 지민이는 사실, 별 재미가 없었다. 가끔은 지민이가 불쌍하다는 생각까지 들어 찝찝하기도 했다. 그래서 상호는 다시 찾기 시작했다. 지민이를 대신하고 경첩이 떨어져 나간 문짝을 대신할 그 무엇. 답답함이 목까지 차올라 있어 상호는 매일매일 허공에 주먹질이라도 하고픈 심정이었다.

그러던 어느 날이었다.

"체육복 좀 빌려 줘."

옆 반 재욱이가 상호에게 말을 걸었다. 재욱이는 지난번에도 상호 체육복을 빌려 갔다. 땀범벅, 먼지 범벅으로 돌려주더니 무슨 염치로 또 빌려 달라는 걸까?

상호는 그날 내내 기분이 별로였다. 그래서 그냥 재욱이 말을 무시해 버렸다.

"야, 내 말 씹냐?"

재욱이는 돌아가지 않고 시비를 걸어왔다. 아예 상호 어깨까지 툭툭 내리치며 이죽거렸다. 상호가 재욱이를 올려다보았다. 생각 같아선 녀석의 옆구리를 한 대 갈겨 버리고 싶었다. 하지만 별수 없지 않은가? 다시 고개를 수그린 상호는 잘근잘근 제 입술만 씹어 댔다.

"어쭈, 너 많이 컸다. 왜, 그깟 체육복이 아깝냐?"

재욱이가 상호가 앉은 의자를 발로 툭 밀었다. 의자가 기우뚱 밀리면서 상호 몸이 앞으로 쏟아졌다. 상호는 고꾸라지지 않으려고 발에 힘을 꽉 줬다. 어떻게든 버텨야 했다.

개자식. 상호는 입까지 기어 나온 욕을 꾹 삼켰다.

재욱이가 픽, 웃었다.

"와, 이 자식 봐라. 완전 겁대가리를 상실하셨구만."

다 들으라는 듯 재욱이가 큰 소리로 말했다.

재욱이 말이 신호라도 되는 것처럼 아이들이 하나둘 몰려들었다. 싸워라, 싸워. 몰려든 무리에서 싸움을 부채질하는 소리가 들려왔다. 재욱아, 이 찐따, 오늘 손 좀 제대로 봐줘라. 어서 붙으라니까. 웅성거리는 목소리는 불붙듯 자꾸만 커져 나갔다. 곧 재욱이 주먹이 상호 가슴 깊숙이로 파고들었다. 물론 결과는 상호의 완전한 패배였다.

끌려가다시피 체육관으로 간 상호의 팔을 한 녀석이 확 꺾었다. 재욱이가 상호 앞에 섰다. 정말 꼼짝없이 당할 수밖에 없는 상황이었다.

"한 대, 두 대."

재욱이가 상호 턱을 갈기며 수를 세었다.

"어쭈구리, 아직도 기가 살아 있네."

상호가 눈을 부릅뜨고 노려볼 때마다 주먹이 한 대씩 추가되었다. 정말 왜 이러는 거야? 내가 뭘 잘못했다고? 난 단지 내 체육복을 빌려 주고 싶지 않……. 주먹이 치고 들어올 때마다 생각이 뚝뚝 끊겨 소리라도 지르고 싶었다. 하지만 목구멍에선 아무 소리도 나오지 않았고, 목소리 대신 빨간 피만 툭 터져 나왔다.

재욱이는 이 기회에 반에서 자신의 입지를 확고히 할 생각이었다. 까불면 어떻게 되는지, 깝치면 어떻게 되는지, 상호를 본보기 삼아 모두에게 단단히 보여 줄 작정이었다. 그러니 상호는 제 발로 걸어 들어온 제물이었다. 재욱이 주먹이 이번엔 상호 턱을 갈겼다. 턱은 금방이라도 빠질 것처럼 덜렁거렸다.

이 바보야, 가만있지 마. 발길질이라도 하란 말이야. 그때 누군가 상호 귀에 대고 속닥거렸다. 아주 귀에 익은 목소리였다. 안 돼. 나를 가만두지 않을 거야. 난 힘이 없어. 용기가 없단 말이야. 상호가 그 누군가와 속으로 말을 나누고 있을 때였다. 상호 몸이 바닥으로 툭, 미끄러졌다. 재욱이가 상호 배를 갈겼기 때문이다. 너 정말 바보구나. 이렇게 당하고만 있으면 계속 저럴 거야. 물어뜯기라도 하란 말이야. 저 자식 얼굴에 침이라도 뱉어. 상호가 숨을 몰아쉬자 목소리 역시 숨을 거칠게 몰아쉬었다.

상호는 아예 눈까지 감아 버렸다. 공벌레처럼 몸을 말자 아이들이 그런 상호의 모습에 환호하기 시작했다. 이제 아이들까지 한꺼번에 달려들어 발길질을 해 댔다.

쏟아지는 발길질을 소리 없이 견뎌 내는 상호 머릿속으로 퍼뜩, 한 가지 생각이 치고 지나갔다. 상호는 상호를 애타게 닦달하는 목소리의 주인공이 누구인지 깨달았다. 상호에게서 빠져나온 또 다른 상호가 웅크리고 있는 상호를 마구 흔들어 대고 있었다. 상호는 눈을 부릅뜨고 또 다른 상호를 올려다보았다. 또 다른 상호 손엔 지난밤 기사를 제압할 때 사용한 총이 쥐여 있었다. 상호는 주먹을 불끈 쥐고 일어섰다. 그래, 난 파렐이야. 어느 누구도 건드리지 못하는 전사 파렐.

상호가 기를 쓰고 일어서자 주춤주춤 아이들이 물러섰다. 하지만 그뿐이었다. 상호가 일어서며 휘청거리는 사이, 다시 재욱이의 주먹이 날아왔다. 퍽퍽, 팍팍. 하지만 이젠 상호도 가만있지만은 않았다. 주먹을 휘두르기도 하고 총을 꺼내 난사하기도 했다. 상호의 총이 사방을 쏘아 대며 미친 듯 춤을 췄다.

"뭐야, 저 자식, 완전 또라이 아냐? 죽으려고 환장했나 봐."

"야, 죽으려면 무슨 짓을 못 하겠냐?"

상호가 주먹을 휘휘 내젓자 아이들이 이죽거렸다. 허수아비처럼 휘청휘청 몸을 흔들어 대는 상호가 볼만한 모양이었다. 아예 뒤로 물러서서 구경꾼 노릇을 하는 아이들도 있었다. 상호 혼자 춤을 추고 있는 판국이었다.

재욱이는 기분이 나빴다. 이 정도면 나자빠져야 하는데

상호가 부득부득 깝쳐 대고 있으니 불길함이 느껴졌다. 재욱이는 저도 모르게 발길질을 거두었다. 이죽거리며 구경하던 아이들도 이내 꺼림칙해졌다. 하나둘 꽁무니를 빼기 시작했다. 이죽거림과 비아냥거림이 순식간에 두려움으로 뒤바뀌고 있었다. 재욱이 얼굴엔 당황한 기색이 역력했다.

재욱이 무리가 빠져나간 후, 상호와 몇몇 아이들만 체육관에 남아 있을 때였다.

"야, 쟤 봐, 쟤 이상하지 않냐?"

한 녀석이 속삭였다. 남아 있는 아이들이 덩달아 고개를 끄덕였다.

상호 손가락이 바지 자락 위에서 미친 듯 움직이고 있었다. 손가락이 얼마나 요란하게 움직이는지 몸까지 흔들거렸다. 남아 있는 아이들 전부가 슬슬 뒷걸음질을 쳤다.

3

분명 저 드럼통 뒤에 숨어 있을 것이다. 몸을 바짝 붙이고 전진한다. 침을 삼킨다. 햇볕에 말린 것처럼 입안이 금세 메말라 버린다.

젠장, 놈이 이렇게 센 줄 몰랐다. 벽에 붙어 서자마자 느닷없이 놈의 눈빛이 떠오른다. 허리가 곧추서고 온몸이 딱딱해진다. 나무토막처럼 굳은 몸으로 냉기가 돈다. 나는 당장 꽁꽁 얼어붙고 만다.

놈의 눈빛은 불꽃이다. 혀를 날름거리며 모든 것을 집어삼키려 하는 불꽃. 놈의 눈빛에 닿기만 하면 온몸 곳곳에서 피가 터져 나온다. 하얗게 변색된 몸은 곧 놈의 눈빛에 점화되어 불타오르기 시작하고, 그렇게 재가 되어 사라져 버리는 데에는 채 1분도 걸리지 않는다.

나는 눈을 감는다. 이렇게 눈을 감고 있으면 놈을 보지 못할 텐데……. 하지만 이 순간만큼은 두려움을 이겨 낼 수가 없다.

그때 타앙 소리와 함께 총알이 옆구리를 스친다. 빌어먹을. 나는 다시 호흡을 가다듬고 총알이 날아온 위치를 가늠해 본다. 역시 드럼통. 이제 내 위치가 발각된 이상 어쩔 도리가 없다. 하나, 둘, 셋, 나는 숫자를 세면서 바로 총을 발사한다. 타타타닥, 타타타닥. 불꽃이 사방으로 튕겨 나간다.

마침내 내 눈앞에서 드럼통 하나가 툭, 넘어진다. 드럼통을 등지고 있던 벽은 온통 총알 자국이다. 그런데 어찌된 일인가? 없다, 놈이 없다. 도대체 놈은 어디 숨어 있단 말인가? 숨 막힐 듯한 침묵만 화면 가득 고여 있다. 내 몸이 부들부들 떨리기 시작한다. 놈이 어딘가에서 나를 지켜보고 있을 것만 같다. 아, 미칠 것 같다. 나는 다시 미친 듯 총을 갈겨 댄다.

절대 죽을 수 없다. 너를 죽이고 내가 살아야 한다. 반드시, 꼭.

나는 악다구니를 치며 앞을 향해 뛰어간다. 인정사정 두지 않고 총을 내갈긴다. 그런데 바로 그 순간이다. 모니터 한쪽으로부터 빨간 피가 번진다. 아, 드디어! 피를 보자 내 맥박은 요동을 쳐 대고 모든 실핏줄은 융기하듯 살갗을 치고 올라온다. 온몸의 피가 눈으로 몰린 듯 금방이라도 눈동자가 튀어나올 것만 같다.

피는 내가 있는 곳까지 흘러와 내 군홧발을 적신다. 연이어 툭, 툭, 쓰러지는 소리가 들려온다. 놈일까? 하지만 나는 감히 나서지 못한다. 함부로 나섰다가 나를 발견한 놈의 눈빛이 나를 녹여 버릴지도 모른다. 그래도 확인을 해야만 한다. 부들부들 떨며 소리가 났던 장소로 나는, 조심조심 다가간다.

그런데 젠장, 이번에도 놈이…… 아니다.

나는 다시 미친 듯 달린다. 바람이 앞을 가로막고 진로를 방해해도 죽기 살기로 도망을 친다. 문득, 낮에 있었던 일이 떠오른다. 겁·대·가·리·를·상·실·하·셨·구·만. 익숙한 목소리도 들려온다.

재욱이다. 그렇다. 놈은 재욱이였다. 그걸 몰랐다니. 놈이 누군지도 모르고 싸움을 했다니. 나는 우뚝 멈춰 서서 뒤를 돌아다본다. 그리고 텅 빈 공간을 향해 인정사정 두지 않고 다시 총을 갈겨 댄다. 네놈의 숨구멍까지 갈겨 버리겠어. 갈·겨·버·

릴·거·라·고.

미친 듯 날아가는 총알이 사방 벽에 부딪혀 불꽃을 터뜨린다.

"아무 말도 하지 마. 뭐가 통해야 말을 하지."

엄마 목소리가 먼저, 현관문을 들어섰다. 상호는 자판 두드리던 손을 멈추고 귀를 기울였다. 1년에 한두 번 있을까 말까 한 부부 동반 모임이 생각보다 일찍 끝난 모양이었다. 자판 위에 멈춘 상호 손이 꼼짝하지 않았다. 갑자기 할 일이 없어진 상호 캐릭터는 빈 화면에 대고 주먹질만 해 댔다.

"말이 안 통한다고? 아하, 그래, 말 통하는 사람이 따로 있는 모양이지? 어련하시겠어?"

이번엔 아빠 목소리가 들려왔다. 아빠 목소리 중간에 문 여닫히는 소리도 들렸다. 안 봐도 뻔하다. 엄마가 안방으로 들어가는 소리다. 상호는 컴퓨터를 끄고 침대로 기어들었다. 절대 인기척을 내면 안 돼. 벽에 몸을 밀착해 누우며 상호는 벽 속으로 숨어 버리고 싶다는 생각을 잠깐 했다.

"상호, 나와."

그러면 그렇지. 아빠 목소리가 이불 속을 파고들었다.

하지만 상호는 나가고 싶지 않았다. 이런 상황에 아빠가 누군가를 찾는 건 샌드백을 찾는 거나 마찬가지니까. 난 잠들었어, 너무 깊이 잠들어서 아무 소리도 듣지 못한단 말이야. 스스로에게 되뇌고 되뇌며 상호는 숨소리조차 조심했다. 조금만 버텨 보자 싶었다.

"박지민, 나와. 이놈의 새끼, 당장 나오라니까."

그런데 아빠가 이번엔 지민이를 불렀다. 씨발. 하는 수 없다. 눈을 뜨고 벽에 기대어 앉자 갑자기 가슴이 두방망이질하기 시작했다.

다행히 지민이 방문이 열리는 소리는 들리지 않았다. 대신 소파 가죽이 찌걱거리며 밀리는 소리만 연거푸 들려왔다. 상호 귀는 소리를 열심히 쫓아다녔다. 아빠 발자국이 점점, 점점 지민이 방을 향해 걸어가고 있었다. 안 돼! 지난번에도……. 상호는 자기도 몰래 용수철처럼 튕겨 일어나 방문을 활짝 열어젖혔다. 그러고는 보란 듯이 거실 안으로 쑥 걸어 들어갔다. 모든 동작이 한 장면처럼 거의 동시에 이루어졌다. 상호는 무의식적으로 움직이고 있었다. 아빠는 용케도 바로 뒤를 돌아보았다. 거실 벽시계가 밤 11시를 가리키고 있었다.

아빠는 팬티 차림으로 지민이 방문 앞에 서 있었다. 아빠가 벗어 놓은 옷은 뱀이 허물을 벗은 것처럼 현관 앞에 놓여 있었다.

상호가 힐끗, 아빠를 올려다본 순간이었다. 아빠의 불쾌해진 눈이 상호를 바라보았다. 상호는 얼른 시선을 피했다.

그 와중에도 상호 머리카락은 삐죽삐죽 죄 일어서고 있었다. 상호는 고개를 숙이고 있는데도 아빠 눈빛이 느껴졌다. 지글지글 타오르는 아빠 눈빛. 방금 전 게임에서 놓치고 만 적의 눈빛과 비슷했다.

"이놈의 새끼가 쳐다보긴 뭘 쳐다봐."

아빠 목소리가 잔뜩 헝클어져 있는 상호 생각을 쨍 하고 깨뜨렸다. 상호 가슴이 철렁 내려앉았다.

아빠 눈은 술만 마셨다 하면, 이랬다. 사방으로 뻗어 나간 실핏줄 때문에 빨간 덩어리처럼 보였다. 평상시엔 아무렇지 않다가 술만 마셨다 하면 빨간 덩어리로 변해 버리는 아빠 눈은 욕을 뱉어 낼 때마다 더욱 진한 핏빛으로 물들곤 했다. 살아 꿈틀거리는 핏빛은 금방이라도 한 움큼 피를 쏟아 낼 것 같았다. 상호는 그런 아빠 눈빛을 감당해 낼 수 없어 아예 고개를 숙이고 다니는 습관이 생겨 버렸다. 그런 줄도 모르고 아빠는 상호더러 건방지다고 했다. 자기를 무시해서 눈도 마주치지 않는 거라고, 대답도 하지 않는 거라고 소리를 쳤다. 아빠의 이런 악다구니가 상호 가슴에 웅덩이의 물처럼 늘 고여 있었다.

"너도 네 엄마처럼……."

아빠가 또 버럭 소리를 질렀다. 아빠는 자꾸만 힐끗거리는 상호가 못마땅했다.

거실 장에는 해 지난 잡지가 먼지 쌓인 채 놓여 있었다. 아빠가 갑자기 잡지책을 집어 들더니 상호를 향해 던졌다. 잡지책은 상호 발치에 못 미쳐 떨어졌다. 그런데 그때, 고개를 숙이고 있던 상호 시선에 잡지책 표지가 무심히 들어왔다. 지민이만 한 아이가 웃고 있었다. 상호 머릿속엔 퍼뜩, 며칠 전 일이 실꾸리 풀리듯 되살아나기 시작했다.

그날도 아빠는 술에 취해 있었다. 아빠 앞으로 불려 나간 상호는 여전히 고개를 조아리고 있었다. 아빠 움직임에 따라 소파 가죽이 자꾸만 찌걱거렸다.

"물 떠 와."

아빠 목소리에 상호 몸이 움찔 떨렸다.

상호는 발소리조차 조심하며 정수기 물을 한 컵 가득 떠 왔다. 아빠는 어느새 꾸벅꾸벅 졸고 있었다. 그런데 너무 긴장한 탓일까? 조심한다고 했건만 상호는 그만 탁자 모서리에 물컵을 부딪히고 말았다. 탁, 소리와 동시에 물방울들이 튕겨 나갔다. 물방울 몇 개가 끄덕끄덕 졸고 있는 아빠 얼굴로 날아갔고, 당장 아빠는 눈을 부릅떴다. 아빠 눈이 먹이를 앞에 둔 맹수의 눈처럼 지글지글 불타오르고 있었다. 혀를 나불거리며 날름날름 춤까지 춰 댔다.

"내가 우습냐? 내 얼굴에 물을 뿌릴 정도로 너도 내가 우습단 말이지?"

불쾌하다는 듯 아빠가 탁자를 내리치자 동시에 컵도 엎어지고 말았다. 물이 쏟아졌다. 휴우, 상호는 위아래 입술을 말아 넣고 조용히 한숨을 뱉어 냈다. 아, 엄마. 엄마라도 나와서 이 상황을 수습해 주면 좋으련만. 상호 마음은 원망과 두려움이 범벅이 되어 돌처럼 굳었다. 상호는 꼼짝도 할 수 없었다.

"그래, 그렇게 무시해 봐. 무시해 보라고."

술에만 취하면 아빠가 엄마에게 수백 번도, 수천 번도 더 하는 말이었다.

"다시 떠 와."

아빠가 상호에게 명령했다. 이제 시작이었다. 아빠에게 필요한 건 역시 샌드백이었다. 엄마의 대용물이 필요했던 거였다. 상호는 그렇게 열 번도 넘게 물을 떠 와야 했다.

"꼬락서니 하곤. 꼭 지 엄마를 닮았어."

아빠가 열두 번째 떠 온 물을 벌컥벌컥 들이켜며 말했다.

그래도 천만다행이었다. 아빠가 물을 마신다는 건 상황을 그만 끝내겠다는 의사 표시니까. 상호는 아빠가 집채만 한 몸을 소파 위에 부리는 걸 지켜보고 있다가 쭈뼛쭈뼛 제 방을 향해 걸어갔다. 시계를 보니 새벽 2시였다.

느닷없이 잠이 쏟아졌다. 상호는 크게 하품을 하며 방문을 잡아당겼다. 그런데 아뿔싸, 그만 부주의하게 문을 닫고 말았다. 손에 익은 습관이 저도 몰래 문고리를 세게 잡아당겼다 놓은 것이었다. 쾅! 상호는 지레 놀라 얼른 뒤를 돌아보았다. 소금물에 절인 배추처럼 상호 심장이 바짝 졸아들었다.

"누구야? 너지, 박상호. 이 쥐새끼 같은 놈이."

선잠을 깬 아빠는 다짜고짜 악다구니부터 부려 댔다.

상호는 얼른 문밖으로 나갔다. 우물쭈물해선 안 된다는 걸 순간적으로 감지했다. 실수였다고, 일부러 아빠를 깨우려 한 게 아니었다고 당장 변명부터 해야 했다. 그러지 않으면……. 하지만 상호 목구멍은 틈새 없이 납작해져서 숨소리조차 흘러나오지 않았다. 쓰디쓴 침만 입안 가득 고였다.

아빠는 상호가 반항한다고 생각했다. 상호 엄마가 자신을 무시하니 상호까지 저러는 거라고. 아빠 눈은 잠들기 전보다 더 벌겠고, 목소리도 더 쩌렁쩌렁했다.

"네 녀석 버릇을 단단히 고쳐 주마. 공손함이 뭔지 가르쳐 주겠단 말이야."

아빠는 상호에게 문 여닫기를 백 번 시켰다. 아빠 앞에서 뒤돌아 걸어가 방문을 열었다 닫고 다시 아빠 앞까지 오는 것이 한 번. 아빠는 문 여닫는 소리가 아빠 귀로 새어 들어와선 안 된다고 했다. 그게 이 벌의 규칙이라고 했다.

아빠는 무좀 먹은 발을 소파 팔걸이에 걸쳐 놓고 상호를 노려보기 시작했다. 열 번, 스무 번, 서른 번, 마흔 번. 상호 다리가 부들부들 떨렸다. 언제쯤 백 번을 다 채울 수 있을까? 상호 머릿속은 점점 하얗게 변해 갔다.

"그래 가지고 문이 부서지겠냐?"

상호는 문 여닫기를 계속했다. 쉰 번까지는 그래도 할 만했다. 예순 번까지도 견딜 만했다. 그런데 예순 번을 넘어서면서부터는 온몸이 후들거리며 견딜 수 없었다. 억울하다는 생각이 치밀어 올랐다. 주저앉고 싶었다. 못 하겠다고, 그만하라고 소리도 지르고 싶었다. 입술을 자근자근 씹으며 상호가 벽시계를 올려다보았다. 벌써 새벽 4시였다.

상호가 여든여섯 번째를 세고 있을 무렵이었다. 코 고는 소리가 들려왔다. 잠에 잔뜩 취한 아빠 고개가 소파 아래로 내려와 있었다. 팔걸이에 걸쳐 놓았던 다리도 소파 아래로 뚝 떨어져 있었다. 온몸을 빨래처럼 늘어뜨린 채 아빠는 깊은 잠에 빠져 있었다.

상호가 그날 용케도 참아 낼 수 있었던 건, 지민이 때문이었다. 아빠는 화가 솟구치면 버릇처럼 지민이까지 불러내곤 했다. 그날 상호는 지민이 생각만 하며 꾹 참았다. 내가 잘하면 돼. 나만 잘하면 지민이는 괜찮아. 지민이까지 이런 일을 당하게 하면 안 되잖아. 스스로를 다독일 때마다 목이 메어 왔고, 울음을 참느라 상호 목울대는 위아래로 심하게 진동했다.

아, 코골이 한 번에 한 번씩 들썩거리던 아빠 메리야스. 상호가 끔찍했던 그날을 여기까지 되돌리고 있을 때였다. 느닷없이 신문지 뭉치가 날아들었다. 아빠가 던진 거였다. 연이어 화장지도 날아왔다. 화장지가 상호 얼굴을 때리자 지난 기억이 뚝 끊겼다. 상호는 돌부처처럼 서 있었다. 아무 생각도 하지 않고 묵묵히 아빠가 내던지는 것들을 그냥 맞았다. 괜찮았다. 오늘도 상호가 잘 견뎌 내기만 하면 지민이는 무사할 테니 말이다.

아빠는 곧 제풀에 지쳐 잠이 들었다. 오늘도 아빠의 잠자리는 소파였다.

상호는 거실 불을 끄고 더듬더듬, 제 방을 찾아갔다. 막 제 방으로 들어서려는 순간이었다. 지민이 방문이 살짝 열려 있는 게 보였다. 거실 불을 끄고 나서야 그것을 알게 된 것이다. 지민이 방문 틈새로, 번득이는 무언가가 보였다.

상호가 멈춰 서 있자 지민이 방문이 빼꼼 더 열리기 시작했다. 언제부터 보고 있었던 걸까? 상호는 지민이가 걸어 나오는 걸 보고 얼른 지민이에게로 다가갔다. 상호 눈이 계속 아빠를 힐끗거렸다.

"쉿."

상호가 손 막대를 세웠다. 행여 아빠가 깨면 안 된다. 지민이도 제 입에 손 막대를 세우고 조심조심 상호에게 다가왔다.

"형아."

지민이가 상호를 불렀다. 가까이서 보니 지민이 눈가엔 눈물 자국이 번져 있었다. 금방이라도 울음을 터뜨릴 태세였다. 지민이가 상호 바지춤을 잡고 흔들어 댔다. 상호는 지민이에게 종주먹을 쥐어 보였다. 끽소리도 하지 마. 아빠가 깨면 우린 둘 다 죽는단 말이야. 그렁그렁하던 지민이 눈물이 상호 기세에 당장 쏙 들어가고 말았다.

"오줌 마려."

그래도 참을 수 없는지 지민이가 속삭였다.

사실, 지민이는 1시간 전부터 오줌을 참고 있었다. 감히 거실로 나갈 수 없어 1시간 내내 한 손으론 방문을, 다른 한 손으론 제 바지춤을 부여잡고 견디고 있었던 거다.

"빨리, 빨리."

상호는 다급해졌다. 고개를 끄덕이면서 다짜고짜 지민이 등을 밀었다. 그런데 갑자기 소파 찌걱거리는 소리가 들려왔다. 상호 머리카락이 쭈뼛, 일어섰다.

"내가 실패만 안 했어도……. 이 새끼들이 나를 무시……. 푸, 푸."

아빠 잠꼬대에 상호 심장은 오그라들고 말았다. 상호는

얼른 지민이를 화장실로 밀어 넣었다. 지민이 몸이 앞으로 쏠리며 넘어질 듯, 잠시 멈칫거렸다.

"형아."

화장실 안으로 한 발을 내딛고 있는 지민이가 고개를 돌리고 상호를 불렀다. 지민이 얼굴이 샛노랬다. 지민이는 상호와 눈이 마주치자 당장 눈을 내리깔았다. 상호는 지민이 시선을 따라 바닥을 내려다보았다. 지민이 발 언저리에 노란 물이 흥건히 고여 있었다.

딱. 상호 손이 저도 모르게 지민이 등을 후려쳤다. 이제 겨우 진정된 상황을 지민이가 망치고 있었다. 지민이는 당장 울상이 되고 말았다. 느슨해진 매듭이 스르르 풀려 버린 것처럼 오줌보가 저절로 터져 버린 걸 텐데. 그래서 지민이 저도 당황스러울 텐데. 상호는 지민이 심정을 이해하면서도 부글부글, 속이 끓어올랐다. 내동댕이치듯 지민이를 화장실로 다시 밀어 버리고 상호는 화장실 문을 닫았다. 화장실로 떠밀려 들어간 지민이 눈에선 기어이 닭똥만 한 눈물이 떨어졌다. 그래도 지민이는 용케 울음소리만은 내지 않았다.

상호는 걸레를 가져와 바닥을 닦았다. 걸레로도 모자라 수건을 한 장 더 써야 했다. 지민이에게 이러면 안 되는데. 나까지 이러면 안 되는데. 미안한 마음을 지우려고 상호는 걸레질한 곳을 닦고 또 닦았다. 연신 닦아 내도 지민이 오줌은, 상호가 떨군 눈물은 지워지지 않는 얼룩처럼 바닥에 흔적을 남기고 있었다. 상호는 팔이 아플 정도로 걸레질을 해댔다.

상호가 지민이에게 이토록 미안해하는 이유는 상호가 지민이만 했을 때의 행복한 기억 때문이었다. 상호는 그때, 정말 행복하고 좋았다. 가장 평화로운 시절이었다. 상호는 유치원에서 배운 노래를 아빠 앞에서 부르곤 했다. 엄마 아빠 앞에서 태권도를 해 보이기도 했다. 상호의 재롱이 끝나기가 무섭게 아빠는 상호를 번쩍 안아 목말을 태웠다. 상호를 어깨에 올려놓고 아빠가 펄쩍 뛰면 상호 몸도 두둥실 튕겨 올라갔다. 상호는 팔을 쭉 뻗어 천장을 만지려 했다. 기린처럼 쭉 늘어난 상호 몸은 천장 꼭대기에, 아니 천장 꼭대기를 뚫고 하늘 끝까지 가 닿을 듯했다.

걸레질을 하던 상호 눈에 아빠가 들어왔다. 숨을 내리쉬느라 아빠 볼따구니가 심하게 부르르 떨렸다. 상호는 걸레를 내던지고 방으로 들어갔다. 지민이 생각 따윈 나지도 않았다. 당장 뭐라도 깨부숴야 살 것 같았다. 방에 들어가자마자 상호는 불을 켤 생각도 하지 않고 컴퓨터부터 켰다.

4

적에게 이름을 지어 준다……, 아빠라고.

아빠는 내가 컵을 부딪히게 하고 물을 엎지르게 하고 문을 거칠게 닫게 했다. 늘 나를 주눅 들게 만든다. 숨도 못 쉬게 나를 노려보며 윽박질러 댄다.

아빠는 이렇게 말한다. 넌 건방져, 넌 네 엄마처럼 순종할 줄을 몰라. 하지만 술만 마셨다 하면 지겹게 되풀이되는 이 말을 나는 아빠에게 되돌리고 싶다.

아빠는 나보다 더 비겁하다. 내가 힘이 없으니까, 만만하니까 나만 못살게 구는 것이다. 순종하라고? 복종하라고? 하지만 약한 상대에게만 괴물처럼 구는 아빠에게, 그런 비겁한 아빠에게 어떻게 순순히 복종하고 순종할 수 있단 말인가?

또 아빠는 착각하고 있다. 나는 결코 약하지 않다. 아빠처럼 비겁하지도 않고 겁쟁이도 아니다. 사실 나는 아빠에게 악다구니를 부릴 수도 있다. 죽도록 아빠를 때려 줄 수도 있다. 다만 아빠만 아직까지 이 사실을 모르고 있을 뿐이다. 그렇게 깝죽대다 처참하게 당할 수도 있다는 사실을 모르고 있을 뿐이다. 나는 이런 아빠가 우습기 짝이 없다.

하지만 오늘은 참지 않겠다. 아빠를 끝장내 버리겠다. 나를 무시하는 아빠. 나를 모욕하는 아빠. 나를 바보로 만드는 아빠. 아빠 앞에서의 나처럼, 오늘은 내가 아빠를 고개도 들지 못하게 만들어 버릴 것이다.

자, 그럼 슬슬 시작해 볼까? 어, 어, 손가락이 근질거린다. 손가락 마디마디에 힘이 실린다. 손가락이 쭉쭉 늘어나며 쇠 파이프처럼 단단해진다.

아, 드디어 아빠가 나타났다. 아빠를 보자 힘이 솟는다. 웅크리고 있던 몸을 쫙 펴자 물 흐르듯 몸 전체로 에너지가 팍팍 퍼져 나간다. 에너지는 화산처럼 들끓기 시작한다. 폭발 일보 직전이라고, 어서 시작하라고, 당장 끝장내라고, 손가락들이 나를 부추긴다.

"야, 이리 와 봐."

재욱이가 복도 끝에서 상호를 불렀다. 재욱이 주변엔 덩치 큰 아이들이 모여 있었다. 상호가 천천히 재욱이 곁으로 걸어갔다.

"얘, 내 밥이다."

재욱이가 턱을 쭉 내밀며 이죽거렸다. 주위 아이들이 히득거리기 시작했다.

상호가 얼굴을 붉혔다. 나쁜 자식. 하지만 생각뿐이었다.

자라목처럼 고개를 움츠리고 상호는 싸울 의사가 없음을 밝혔다. 재욱이 무리에게 얻어터진 몸이 움직일 때마다 아직도 욱신거렸다. 상호는 절대, 또다시 얻어맞고 싶지 않았다.

"상호야, 가서 빵 하나 사 와라. 이 형님이 아침을 안 먹고 와서 그러거든."

재욱이가 복도 바닥에 침을 찍 뱉으며 말했다.

먹고 싶으면 네가 사다 먹어. 상호 혀가 달싹거리려고 했다. 상호는 입술을 앙다물었다. 안으로 말려 들어간 입술이 자물쇠로 잠근 듯 맞물렸다. 제길, 뱉어 내지 못한 욕들은 대굴대굴 굴러 상호 가슴에 그대로 처박혔다. 정말, 기분이 더러웠다.

"어라, 버텨 보시겠다. 왜, 내 주먹맛이 좀 약했나?"

재욱이는 상호가 뜸을 들이는 거라 여겼다. 잠시도 기다리지 않고 달려들어 상호 허리춤을 움켜잡았다. 곧 재욱이 주먹이 상호 배 한가운데로 밀려 들어왔다. 상호는 배를 움켜쥐었다. 저도 모르게 허리를 굽히고 말았다. 너무 아팠다. 그사이 또 다른 주먹 하나가 옆구리를 치고 들어왔다. 으윽. 상호 입에선 비명이 새어 나왔다. 재욱이 눈빛이 고양이처럼 번득거렸다. 재욱이가 이번엔 발로 상호 옆구리를 차 댔다. 팍팍 소리가 났다. 제대로 맞은 것인지 이번엔 상호 입에서 비명조차 새어 나오지 못했다.

아이들은 그 누구도 재욱이를 말리지 않았다. 오히려 꼼꼼히 에워싸서 재욱이에게 단단한 벽을 만들어 주었다. 상호는 이제 기어서라도 빵을 사 와야 한다고 생각했다. 반항할 수 없다면, 반항할 수 없다면……. 상호가 간신히 허리를 펴고 일어서자 숨이 헉, 막혀 왔다. 그때였다.

"그만해!"

누가 버럭 소리를 질렀다. 상호는 간신히 몸을 틀어 뒤를 돌아보았다. 건이였다. 건이는 반대편 복도 끝에 있었다. 잔뜩 겁을 집어먹은 것인지 감히 가까이 다가오지는 못하고 있었다.

"그만 놔 줘. 너희들 빵셔틀 한다고 선생님한테 이른다."

얼떨결에 말해 놓고선 꽤나 당황한 모양인지 건이 얼굴이 홍당무처럼 붉었다. 상호는 배를 움켜쥔 채로 건이를 올려다보았다. 구세주라도 만난 기분이었다.

"선생님들한테 걸리면 수습 못 해. 얼른 교실로 돌아가. 다음 시간이 체육이라서 다른 반 애들, 곧 몰려온다. 어서."

건이 말이 맞았다. 며칠 전 서울 모 중학교에서 일어난 폭력 사건 때문에 선생님들은 바짝 긴장하고 있었다. 만약 일을 벌이다 걸리면 못 본 척 가만있던 아이들까지 처벌할 거라고 담임은 목에 핏대를 세우고 을러댔다. 아이들은 당장 술렁거렸다.

건이 말에 자극을 받은 아이들이 하나둘 돌아가기 시작했다. 어떤 아이는 상호에게 다가와 등을 두드려 주기까지 했다. 저는 가담자가 아니라는 걸 분명히 해 두려는 제스처였다. 그제야 건이가 상호에게 다가왔다. 재욱이가 오늘은 봐주겠다고 비아냥거리며 복도를 빠져나간 직후였다.

"얼떨결에 널 도왔다만, 조심해, 앞으로. 알겠지?"

상호가 생각하기에도 건이가 자신을 도운 건 분명 얼떨결이었다. 건이가 상호를 도와야 할 이유 같은 건 없었다. 공부도 제법 하고 가끔은 재욱이 같은 놈들에게 한마디씩 하는, 잘나가는 녀석. 건이가 상호를 도와야 할 이유 같은 건 정말 털끝만큼도 없어 보였다.

"수업 시간 5분 전이야. 선생님 오기 전에 얼른 들어가."

건이가 상호를 보고 씩 웃으며 말했다. 상호도 덩달아 따라 웃었다.

건이는 앞서 걷기 시작했다. 상호는 건이 뒤로 몇 발자국 떨어져 걸었다. 그렇게 고개 숙이고 걷던 상호가 고개를 살짝 치켜들었을 때였다. 건이도 마침 뒤를 돌아보았다. 건이와 상호 눈이 마주쳤고, 이번엔 상호가 먼저 계면쩍은 듯 웃어 보였다. 건이는 영문을 모르겠다는 듯 어깨를 으쓱거렸다. 순간 상호는 창피했다. 얼른 고개를 숙였다. 부끄러움 때문이었을까? 상호 목덜미가 빨갛게 물들어 있었다.

"너, 오늘 시간 있어?"

청소 시간이었다. 몇 번을 망설이던 상호가 건이에게 다가가 물었다. 교실 바닥을 쓸다 말고 건이가 상호를 올려다보았다.

"나?"

건이가 되물었고, 상호는 고개를 끄덕였다.

"학교 끝나고?"

건이가 또다시 묻자 상호는 다시 고개를 끄덕거렸다. 건이는 습관인 듯, 어깨만 으쓱거렸다.

사실 건이는 이러는 상호가 재미있었다. 제가 보인 아주 작은 호의에 어쭙잖게 반응하는 상호. 퍼뜩, 몇 가지 생각들이 건이 머릿속을 번개처럼 스쳐 지나갔다. 기대감을 참느라 건이 입꼬리가 자기도 몰래 올라가고 있었다.

오늘은 학교 수업도 일찍 끝나고 학원 스케줄도 없다. 오늘 같은 날, 존재감 없는 상호와 몇 시간 놀아 준다고 손해 볼 건 없겠지? 한 손에 빗자루를 들고 할랑거리는 건이 얼굴 위로 다시 작은 미소가 얹어졌다.

모처럼 상호 표정도 밝았다. 건이가 저를 외면하지 않을 것 같다는 예감 때문이었다. 상호는 건이를 위해 뭔가 해 주고 싶었다. 저를 도와준 친구니 상호도 당연 건이에게 보답해야 한다고 느꼈다. 또 상호는 건이에게 저를 확실히 보여 주고 싶기도 했다. 잘하는 걸 보여 주면 나를 달리 볼지도 몰라. 상호 머릿속으로 시원한 바람 한 줄기가 불어오고 있었다.

“우리 집에 갈래?”

교문을 나온 상호가 건이 팔을 살며시 잡아끌며 물었다.

“안 돼. 우리 엄마가 남의 집에 함부로 가지 말랬어. 그리고 우리 엄마는 외출해서도 내가 집에 오는 시간에 맞춰서 꼭 확인 전화 한단 말이야. 그러지 말고 우리 집에 가자. 우리 집도 마침 비어 있어. 엄마가 오늘 할머니 집에 간다고 했거든.”

건이가 무심히 대답했다. 그러더니 상호 팔을 막무가내로 잡아당겼다. 상호는 이러나저러나 상관없었다. 누구 집에 가서 놀든 그건 별로 중요하지 않으니까.

건이네 아파트는 상호네와 아주 비슷했다. 현관문 바로 앞이 선이 방인 것조차 같았다. 상호는 소파 위에 가방을 놓아두고 주위를 살폈다. 아, 컴퓨터. 거실 구석에 있는 컴퓨터를 보자마자 상호는 손가락이 근질거렸다. 상호는 어깨를 쫙 펴고 컴퓨터로 향했다. 컴퓨터 의자를 냉큼 끌어내 앉자 움츠려 있던 상호 가슴이 절로 활짝 열렸다. 상호는 컴퓨터에서 물씬 끼쳐 오는 냄새를 음미하며 전원 스위치를 켰다. 윙 소리를 내며 컴퓨터가 돌아가기 시작했다. 상호는 주먹을 쥐었다 폈다. 상호 손에서 우두둑, 마디 꺾이는 소리가 들려왔다.

"너 뭐 좀 하냐?"

어느새 건이는 상호 곁에 바싹 붙어 서 있었다. 상호는 아무 말 없이 게임 사이트를 찾아 들어갔다. 슈팅 게임이든 액션 게임이든 거의 최고 레벨까지 올려놓은 게임 실력만이 상호의 유일한 자랑거리였다. 건이에게 고급 기술을 전수해 줄 생각을 하니 컴퓨터 화면이 더 밝아 보였다. 글자 하나, 그림 하나, 뭐든지 다 또렷이 보였다. 영어로 '블러디헌터'란 글자가 모니터에 떴다.

상호가 의자를 더 바싹 끌어당겨 앉자 건이 역시 모니터 가까이로 제 머리통을 들이밀었다. 상호가 목을 좌우로 튕겼다. 딱딱, 관절 꺾이는 소리가 들려왔다. 발바닥에서 머리 꼭대기까지 순식간에 기운이 솟구쳐 올라왔다.

"에잇, 시시해. 이런 거 말고 뭐 좋은 사이트 모르냐? 화끈한 거 있잖아."

건이가 상호 귀에 대고 속삭였다. 상호는 고개를 돌려 건이를 바라보았다. 할 일 없는 사람처럼 건이가 제 머리통을 박박 긁적이고 있었다. 안절부절못하는 것 같기도 하고 잔뜩 못마땅한 것 같기도 했다.

"에잇, 그렇게 보지 마. 집에 가자고 해서 난 네가 뭐 좀

보는 앤 줄 알았단 말이야. 야, 관둬라, 관둬. 난 게임 같은 거 완전 시시하거든."

건이가 이내 심드렁한 얼굴을 하더니 소파로 가 철퍼덕, 주저앉았다. 건이는 탁자 위에 놓여 있는 책을 집어 들고는 괜스레 책장을 넘겨 댔다. 정말 실망한 표정이었다. 미칠 노릇이었다. 이미 로딩된 전사들은 모니터 속에서 몸을 풀고 있었다. 상호는 초조해졌다.

"혹시, 이런…… 거?"

상호가 더듬더듬 말했다. 그러고는 자판을 두드려 외우고 있던 사이트 주소를 쳤다. 건이 시선이 다시 제게로 돌아왔다가 모니터로 날아가는 걸, 상호는 느꼈다. 상호 가슴이 두방망이질해 댔다.

"게임하다가 자꾸 접속돼서 나도 몇 번 보긴 했는데……."

실은 상호도 '야동'을 몇 번 본 적이 있긴 했다. 하지만 아무 재미 없었다. 재미없을 뿐 아니라 야동을 볼 때마다 아빠가 생각나서 불편하고 불쾌했다. 아빠가 다리를 쫙 벌리고 잘 때마다 사타구니 사이로 보이던 거무스레한 물건. 아빠의 모습과 야동의 장면이 자꾸 겹쳐져서 상호는 꺼림칙하기만 했다.

주소를 제대로 찾아 들어갔는지 컴퓨터 화면에선 이상한 소리가 새어 나오기 시작했다. 상호가 괜스레 제 손톱을 물어뜯었다.

"이야, 화끈한데."

건이는 소파에서 일어나 아예 컴퓨터 가까이로 다가왔다. 그도 성에 차지 않아 의자에 앉아 있는 상호를 다짜고짜 밀어냈다. 상호 대신 건이가 의자에 앉았다. 건이 얼굴은 당장 화면에 처박힐 듯했다. 연방 입술에 침을 묻혀 가며 건이는 화면에 점점 빠져들고 있었다. 아예 화면 속으로 제 몸을 들이밀고 있는 형국이었다.

"야, 죽, 죽, 죽이는데."

건이 턱과 어깨가 공중으로 붕 뜨는가 싶더니 눈동자가 흐릿해졌다. 꼴딱꼴딱, 건이는 이제 말도 제대로 하지 못하고 침만 넘겨 댔다. 상호는 울고 싶었다. 건이에게 보여 주고 싶던 건 이런 게 아니었다. 생각 같아선 당장 모니터를 꺼 버리고 싶었다.

"야, 야, 이거 왜 이래?"

그런데 건이가 갑자기 소리를 버럭 질렀다. 난데없이 나타난 광고 창이 화면을 덮어 버렸기 때문이다. 건이는 마우스를 신경질적으로 움직이며 광고를 닫으려 애를 써 댔다. 그럴수록 화면은 더 말썽을 부렸다. 하나를 지우면 또 하나가 생겨나는 식으로 계속해서 광고가 가지를 쳤다.

건이가 의자에서 발딱 일어섰다.

"야, 어떻게 해 봐. 아까 그 화면으로 당장 돌려놓으란 말이야. 와, 미치겠다."

건이는 폭발 직전이었다. 하는 수 없이 상호는 의자에 다시 앉아 마우스를 끄집어 당겼다. 별다른 방법이랄 게 없긴 해도 뭔가 해야 했다. 다행히 광고 창이 하나둘 닫히기 시작하더니 방금 전 화면이 다시 펼쳐졌다. 속살을 다 드러낸 여자가 이를 살짝 보이며 부끄러운 듯 웃고 있었다. 상호 얼굴이 짓뭉개졌다. 여자를 따라 웃는 건, 건이뿐이었다. 히죽, 만족스럽기 그지없는 미소를 지으며 건이가 여자를 따라 웃고 있었다.

치익. 그때였다. 전자 키 돌아가는 소리가 나더니 띠리링, 문 열리는 소리가 연달아 들려왔다. 상호는 반사적으로 현관을 바라보았다. 후다닥, 건이가 제 방으로 튀어 들어가는 것을 알아챌 틈도 없이 상호는 바짝 긴장하고 있었다.

"건아, 건이 왔……?"

건이 엄마였다. 건이 엄마는 말을 끝맺지 못하고 상호를 바라보았다. 현관에 우두커니 서 있는 건이 엄마와 눈이 마주친 그 순간, 상호는 시간이 정지된 느낌을 받았다. 침묵이 엿가락처럼 길게 늘어지고 있던 그 순간, 상호 가슴만 널뛰듯 뛰고 있었다. 상호는 탄력받은 제 심장이 행여 밖으로 튕겨 나올까 봐 몇 번이고 숨을 멈춰야 했다.

얼마 후, 정신을 차린 상호가 건이 방을 건너다보았다. 건이야, 어디로 사라져 버린 거니? 빨리 나와, 네 엄마가 오셨단 말이야. 속 터지는 상호 심정을 모르지 않을 텐데도 건이 방에선 종이 부스럭거리는 소리만 들려왔다. 건이는 한참 동안 코빼기도 보이지 않았다.

"너, 너 누군데 우리 집에서 이런 걸……."

건이 엄마는 말도 제대로 잇지 못했다. 서 있기가 힘든지 현관 기둥을 붙잡고 연거푸 작은 숨을 내리쉬었다. 그제야 상호는 쭈뼛쭈뼛 일어나 고개를 조아렸다. 이젠 진짜 무슨 말이라도 해야 했다. 하지만 누가 입을 틀어막고 있는 것처럼 찍소리도 나오지 않았다.

그때, 상호의 구세주, 건이가 제 방에서 꾸물꾸물 걸어 나왔다. 건이 손엔 학원 가방이 들려 있었다.

"친구니?"

건이 엄마가 이번엔 건이를 보고 물었다. 건이가 고개를 끄덕였다. 건이가 힐끗 컴퓨터를 바라보았다. 여전히 컴퓨터 화면엔 벌거벗은 여자와 남자가 나뒹굴고 있었다. 여자와 남자의 거친 숨소리가 거실을 가득 채우고 있었다.

"보지 말라고 했잖아. 하지 말라고 해도."

건이가 흘리듯 말을 했다. 원망하는, 아니 상호를 나무라는 말투였다.

건이, 너, 지금 무슨 말을 하고 있는 거야? 왜 그렇게 말하는 거야? 상호는 건이 말을 이해할 수가 없었다. 상호는 가슴이 죄어들었다. 앞이 캄캄해지는 기분이었고, 낭떠러지로 굴러떨어지는 기분이었다.

건이 엄마가 신발을 벗고 안으로 들어왔다. 건이 엄마는 건이를 그냥 지나치더니 상호 곁으로 걸어왔다. 상호 몸이 부들부들 떨리기 시작했다. 건이 엄마 얼굴은 더할 나위 없이 험악해 보였다. 쿵쾅쿵쾅, 이젠 심장 뛰는 소리가 상호 귀 밖으로까지 튀어 들려왔다.

휴, 다행이다. 한 대 칠 기세더니 건이 엄마는 상호도 그냥 스쳐 지나갔다. 건이 엄마는 컴퓨터로 다가가 전기 코드를 확 잡아당겼다. 당장 컴퓨터 전원이 꺼지면서 여자와 남자도 사라졌다. 상호 팔엔 그제야 오소소 소름이 돋았다. 얼른 도망쳐야 한다는 생각만 들었다.

"남의 집에시, 이린 길, 어띻세, 버섯이."

건이 엄마 말은 마구 뒤엉켜 있었다. 건이 엄마가 몇 걸음 옆, 상호에게 천천히 다가왔다.

"우리 건이는 분명 안 본다고 했지? 맞지? 건이 말이 맞지?"

건이 엄마가 물었다. 건이가 했던 말을 확인하고 싶어 하는 눈치였다.

어쩔 수 없어, 이젠. 거짓말할 순 없으니까. 상호가 흘낏 건이를 보며 눈으로 말했다. 건이도 마침 상호를 바라보고 있었다. 상호는 순간, 건이 눈빛이 불안하게 흔들리고 있는 걸 보았다. 안타깝고 미안했다. 상호는 제가 먼저 컴퓨터를 켠 것이, 아니 같이 놀자고 먼저 말을 건넨 것이 미안했다. 그렇지만, 그렇지만. 상호가 주저주저 입을 열었다.

"그, 그게……."

상호가 머뭇머뭇, 더듬더듬 막 말을 시작할 때였다.

"컴퓨터 하지 말자고 내가 분명히 말했잖아."

건이 목소리가 툭, 끼어들었다.

"얘가 게임하고 싶다기에 그저……. 게임만 할 줄 알았단 말이야. 그런데 느닷없이 야동 사이트에 들어갔어. 난, 보지 않으려고 내 방으로 들어간 거란 말이야."

상호 입을 틀어막은 건 분명 건이 목소리였다. 건이 목소리는 다급했다. 얼마나 다급했는지 울음소리처럼 들려왔다. 건이 엄마가 다시 상호를 노려보았다. 상호는 묵직한 통증이 가슴 아래로부터 치받는 걸 느꼈다. 통증은 순식간에 퍼져 숨구멍까지 틀어막았다.

"다시는 우리 건이랑 놀지 마. 알겠지? 그리고……."

건이 엄마가 무슨 말을 더 할 듯하다 멈추더니 현관문을 가리켰다. 상호더러 당장 나가라는 소리였다. 안 돼. 넌 아직 아무 말도 못 했잖아. 사실이 아니라고 말해야 해. 그냥 이대로 나가 버리면 정말 네가 한 일이 돼 버려. 상호 안의 상호가 상호를 다그쳤지만 상호는 건이 엄마 손가락을 따라 현관으로 걸어갔다. 상호가 걸어 나가는 내내 건이는 힐끗힐끗 상호를 훔쳐보기만 했다.

왜 아무 말도 못 했을까? 아니라고, 모두 다 거짓말이라고 왜 말하지 못한 걸까? 집으로 돌아오는 내내 상호 머릿속은 온통 불바다였다.

집엔 아무도 없다. 이런 날, 지민이라도 있으면 좋으련만. 얼마 전부터 유치원 종일반을 시작한 지민이는 한참 더 있어야 돌아온다. 텅 빈 집이 오늘처럼 무서운 건 난생처음. 벽이, 물건들이 통째로 나를 향해 다가오는 것 같다. 벽이, 물건들이 내 숨구멍을 틀어막으려 손아귀를 벌리고 덤벼드는 것 같다.

건이 엄마의 모습이 뇌리에 박혀 지워지지 않는다. 나를 쏘아보던 그 눈빛, 그 목소리. 당장이라도 건이 엄마가 회오리처럼 나를 덮치고 쓸어 버릴 것 같아 오금이 저린다. 건이 목소리도 귀에 쟁쟁거린다. 얘가 그랬어요, 얘가 그랬단 말이에요. 귓속에 울림 장치라도 달아 놓은 것인지 건이 목소리가 뱅뱅, 내 온몸을 헤집고 다닌다. 건이 목소리는 때때로 나를 비웃기도 한다. 바보, 천치, 못난이, 찌질이. 건이 목소리 사이로 이명처럼 누군가의 목소리도 섞여 들려온다. 아빠 목소리 같기도 하고, 엄마 목소리 같기도 하고, 재욱이 목소리 같기도 하고……, 내 목소리……, 같기도…….

컴퓨터를 켠다. 나는 곧장 게임 속으로 들어간다. 게임 캐릭터들을 보자마자 맥박이 고요해진다. 오르락내리락, 쉴 새 없이 움직거리던 늑골도 쑥 아래로 끌려 내려가며 호흡이 한결 편안해진다. 나는 천천히 호흡을 고르고 의자를 뒤로 젖힌다. 그리고 눈을 감는다. 아무도 나를 괴롭히지 않는 세상. 아무도 나를 비난하지 않는 세상. 나는 내가 원하는 세상으로 가길 간절히 원하고, 원한다.

컴퓨터 돌아가는 소리에 귀를 모은다. 전파가, 전기가, 전사가 꿈틀거리는 소리. 새로운 세상이 열리는 소리. 아, 이제야 숨이 제대로 쉬어진다. 메트로놈처럼 호흡이 가지런해지며 모든 것이 다 편안해진다. 에너지도 솟구친다. 몸이 풍선처럼 부풀어 올라 금세 종아리 근육에도 힘이 실린다.

당장 나는 다리를 쳐올려 적을 걷어찬다. 적이 얼굴을 감싸쥐고 나자빠진다. 이번엔 아랫배. 터질 듯 부풀어 오른 종아리로 나는 적의 아랫배를 단번에 공격한다. 적이 얼굴 감싸 쥔 손을 거두더니 얼른 배를 움켜잡는다. 고통으로 일그러진 얼굴. 나는 대굴대굴 구르고 있는 적을 한 발로 밟고 서서 아래를 내려다본다. 건이가 피범벅이 된 채로 나를 올려다보고 있다. 두려움으로 가득 찬 건이 눈동자를 내려다보며 나는 씩, 미소를 갈겨 준다.

5

다음 날이었다. 조회 시간에 담임이 상호를 불렀다. 교무실로 오라고 했다. 건이 엄마가 담임에게 전화한 게 분명했다. 교무실에 들어서자 창밖을 내다보고 있는 담임의 등이 보였다. 상호는 담임의 등을 바라보며, 건이 엄마에게 하지 못했던 말을 담임에게 해야겠다고 생각했다. 선생님은 내 말을 믿어 줄 거야. 내가 차근차근 이야기하면……. 그때, 담임이 획 뒤돌아섰다.

"선생님."

상호가 먼저 입을 열었다. 머릿속으로 어제 있었던 일들이 휙, 스쳐 지나갔다. 어디서부터 이야기해야 하지? 재욱이 이야기부터 할까? 건이 집에 간 것부터……? 휴지통을 엎어 버린 것처럼 머릿속이 복잡했지만, 상호는 용기를 내 담임 앞으로 한 걸음 나섰다.

"못된 녀석."

갑자기 담임이 책상을 내리쳤다. 상호는 발걸음을 멈췄

다. 담임은 화가 풀리지 않는지 책상 위에 놓여 있는 종이 뭉치를 집어 들고 두드려 대기까지 했다. 상호 목구멍까지 올라와 있던 말들은 당장 쑥 내려가고 말았다.

"못된 짓을 하고 싶으면 저 혼자 할 것이지."

담임이 주절거렸다. 혼잣말이긴 해도 상호더러 들으라고 일부러 하는 소리 같았다.

"넌 왜 순진한 건이를 꼬드겨 이런 상황을 만든 게냐, 응?"

담임이 상호를 쏘아보며 말했다.

상호는 덫에 갇힌 기분이 들었다. 선생님이 뱉어 낸 말들이 촘촘한 그물이 되어, 상호를 얽어맸다.

"건이 어머니가 절대 가만있지 않겠다고 하시더라. 곧 너희 부모님에게 연락할 거다. 네 부모님 이야기를 들어 보고 나서……."

담임은 숨도 쉬지 않고 계속 말했다. 상호가 끼어들 틈이 없었다.

"그런 후에 너에 대한 처벌도 결정될 거다."

담임 목소리가 단호했다.

"네가 몇 살인데 그런 동영상을……."

상호를 바라보는 담임 눈빛이 싸늘했다. 상호는 그 눈빛에 당장 제압당하고 말았다. 한심하다는 듯 담임이 혀를 차자 상호는 정말 제가 한 일이라는 착각에 빠져들었다. 어지러웠다. 너무 어지러워 그냥 덮어 버리자 싶었다. 왜 나는 만날 이렇게 나쁜 짓만 하고 사는 걸까? 왜 만날 야단맞을 짓만 하는 거냐고. 그런 걸 보다니……. 정말 말도 안 돼.

진실을 말해야 한다는 강박이 없어지자 차라리 편했다. 그래, 내가 한 거야. 착한 건이를 내가 꼬드긴 거라고. 체념은 너무도 쉽게 상호의 마음을 위로했다. 그래. 처음부터 그랬는걸, 뭐. 아무도 내 말 따윈, 내 마음 따윈 믿어 주지 않았잖아. 늘 말해 봤자 허사였다고. 답답했던 가슴이 단숨에 뻥 뚫리며 시원해지는 기분이었다.

교무실에서 나설 때, 수십 개의 눈초리가 상호를 따라왔다. 등에 꽂힌 시선들 때문인지 상호 등이 노인처럼 굽어 보였다.

교무실에 다녀온 그 잠깐 사이, 소문은 들불처럼 번져 있었다. 아이들이 벌레 보듯 상호를 바라보기 시작했다. 특히 여자애들이 더했다. 박상호, 재 완전 변태래. 건이한테……. 소문은 집 한 채를 태우고도 성에 차지 않아 계속 번져 갔다. 불덩이가 점점 커져 모든 것을 다 태우고 있었다.

건이는 상호를 피했다. 상호 시선에 붙잡히지 않으려고 용을 썼다. 상호가 다가가면 술래를 피하듯 교실 밖으로 나갔다. 상호 시선이 불편했던지 나중에는 아예 운동장으로 나가 버렸다.

그래도 사과 정도는 해야 하는 거 아냐? 너라도 내게 진실을 말해야 하는 거 아니냐고? 서운함 때문인지 건이를 보자 봉합되어 있던 곳이 우두둑 뜯겨 나갔다. 상호는 어떻게든 제 마음을 전하고 싶었다. 건이면 충분했다. 건이가 한마디만 해 주면 모든 것이 다 괜찮아질 것 같았다.

넌 날 도와줬잖아. 나를 도와준 유일한 친구잖아. 그러니까……. 하지만 건이와 시선 한 번 마주칠 새도 없이 하교 시간이 되고 말았다.

"건이야."

상호가 건이를 발견한 건 교문을 막 벗어나서였다. 건이가 재욱이 무리에 섞여 횡단보도를 향해 걸어가고 있었다. 재욱이와 건이가 머리를 맞대고 낄낄거렸다. 상호는 걸음을 빨리했다. 상호가 가까이 다가섰는데도 건이는 뒤돌아보지 않았다. 상호가 아이들 사이를 비집고 들어갔다. 상호가 건이 옆에 바짝 붙어 건이 팔을 잡아당겼다.

"이야기 좀 해."

"무슨 이야기? 할 이야기 없는데."

대뜸 그러자는 반응을 기대한 건 아니었어도, 이건 아니었다. 상호는 한숨을 내리쉬며 건이 팔을 더 세게 잡아끌었다. 건이가 상호에게 잡힌 팔을 뿌리쳤다. 상호를 본체만체하고 걸어가는 건이 발걸음은 다급했다. 재욱이가 상호를 힐끔거렸다. 다른 아이들도 건이와 상호를 번갈아 가며 힐끔거렸다.

"기다려. 이야기 좀 하자니까."

상호가 다시 건이 팔을 붙잡았다. 건이는 먼지라도 털어내듯 상호 팔을 또 뿌리쳤다. 두런두런, 아이들이 속닥거리기 시작했다.

"네가."

상호는 말부터 질러 놓고 입술을 깨물었다. 가슴이 마구 두방망이질해 댔다. 건이 얼굴에도 긴장이 바짝 돋았다.

"네가 그러자고 한 거잖아."

마침내 상호가 어렵게 말을 꺼냈다.

건이가 급작스레 주위를 살피기 시작했다. 아이들 시선이 순식간에 자신에게 몰렸다는 걸 느낀 건이 표정이 좋지 않았다. 만약에 엄마가 이 사실을 알게 되면……. 건이 눈빛이 불안했다. 건이가 아이들의 표정을 살폈다. 모두 다 나를 비웃고 조롱하겠지. 건이가 상호를 밀쳐 냈다. 상호는 비틀, 쓰러질 듯하다 간신히 중심을 잡았다.

"너, 미쳤냐? 그런 어이없는…… 당장 꺼져. 나도 억울해 죽겠단 말이야."

건이 악다구니에 아이들 시선이 다시 상호에게로 옮겨졌다. 건이는 아이들 몰래 한숨을 내쉬었다.

상호는 어처구니가 없었다. 하지만 더 이상 아무 말도 할 수 없었다. 건이가 몰래 내쉬는 한숨이, 건이 얼굴에 스친 당혹감이 상호의 말문을 막았다. 제 거짓말을 두려워하고 있어. 건이는 지금 몹시 부끄러워하고 있단 말이야. 상호는 건이의 표정을 더는 두고 볼 수 없어 고개를 숙여 버렸다.

"어휴, 변태 새끼. 재수 없이 엉겨 붙긴. 야, 가자, 가."

이번엔 재욱이가 건이 팔을 이끌었다. 막말을 쏟아붓고도 모자랐는지 상호 얼굴에 제 주먹을 들이대기까지 했다. 재욱이가 걸어가면서 제 옆에 있는 녀석에게 뭐라고 속닥거렸다. 재욱이와 머리를 맞대고 있던 녀석들이 하나둘 뒤를 돌아보았다. 녀석들은 허리를 숙여 돌멩이를 주워 들었다. 돌멩이들이 상호를 향해 날아들기 시작했다. 변태, 변태. 아이들은 돌팔매질을 하면서 노래 부르듯 상호를 놀려 댔다. 건이만 뒤돌아보지 않았다. 등을 보인 채 무심히 걸어갔다. 상호 시선은 건이 뒷모습에 박혀 움직일 줄 몰랐다. 상호는 서운한 마음을 접어 버렸다.

집에 돌아오니 지민이가 있었다. 종일반을 하지 않고 중간에 그냥 온 모양이었다.

제 방으로 들어간 상호가 곧장 컴퓨터를 켰다. 이젠 진짜 아무 생각도 하고 싶지 않았다. 게임만이 상호를 위로하고 이해해 주었다. 아니, 모든 것을 잊게 해 주는 건 오로지 이

것뿐이었다. 상호가 미친 듯 자판을 두드려 댔다. 상호를 해치려던 적들이 힘없이 나가떨어졌다. 화면 속 피비린내가 컴퓨터 밖까지 진동했다. 상호는 질척한 것이 제 손 가득 묻어 있다고 느꼈다. 피였다. 얼른 바지춤에 손을 닦았다. 그래도 피는 철철, 계속 묻어났다.

"형, 나도 시켜 줘. 나도 게임 한 판 하게 해 줘."

팔딱거리며 상호 방으로 들어온 지민이 목소리에 상호는 고개를 들어 창문을 바라보았다. 얼마나 시간이 흐른 건지 창문 밖이 온통 푸르스름했다. 지민이가 자꾸만 상호 팔을 잡아 흔들어 댔다. 지민이 눈동자는 이미 컴퓨터 화면에 박혀 있었다.

"꺼져, 지금 하고 있잖아."

하지만 정신이 온통 게임에 꽂힌 지민이는 상호 말이 들리지 않는 듯 더 안달을 내며 상호 팔을 낚아챘다. 그 바람에 상호 캐릭터가 비틀, 중심을 잃었다. 적들은 이 틈을 놓치지 않았다. 상호 캐릭터에 당장 도끼를 내리꽂았다. 대번에 상호 캐릭터의 골이 두 동강 나고 말았다. 상호 캐릭터가 푹, 소리를 내며 쓰러졌다. 동시에 상호도 벌떡 일어났다. 상호의 두 볼이 위태롭게 실룩거렸다. 볼이 실룩거릴 때마다 눈동자 속 벌건 실핏줄들이 춤을 춰 댔다. 핏줄기들은 당장이라도 손을 뻗어 지민이를 집어삼킬 것 같았다. 지민이는 주춤 뒷걸음질을 했다. 아무래도 상호의 모습이 이상했기 때문이다. 지민이가 두 팔로 제 몸을 감싸 안았다. 지민이 눈엔 상호가 괴물처럼 보였다.

"새끼야, 너 때문에."

상호가 팔을 추켜올렸다. 상호는 제 팔이 몽둥이라는 걸, 몽둥이처럼 단단해졌단 것을 미처 눈치채지 못하고 있었다. 상호가 인정사정 보지 않고 팔을 휘둘렀다.

순간, 지민이는 눈을 감았다. 지민이는 상호가 무서웠다. 상호가 휘두르는 팔이 무서웠다. 친절하진 않아도 형은 나를 그 누구보다도 사랑해 주잖아. 형은 절대 아빠처럼 무서운 사람이 아니잖아. 절대 나를 때리지 않을 거잖아. 지민이가 여기까지 생각했을 때였다. 지민이 몸이 푹, 꼬꾸라졌다. 지민이 얼굴에서 피가 튀겨 나갔다. 피는 상호 얼굴에까지 튀겼다. 상호 콧구멍으로 달착지근한 피 냄새가 흘러 들어왔다.

상호가 또다시 팔을 휘둘렀다. 얼굴이 홧홧하게 달아오르고 머릿속까지 뜨거워져서 상호는 어떡해서든 열을 식혀야 했다. 지민이 얼굴은 곧 피범벅이 되고 말았다.

상호 눈에 피범벅이 된 지민이 얼굴이 들어온 건 한참 후였다. 지민이 코 밑으론 아직도 줄줄 피가 흘러나오고 있었다. 상호가 제 손을 내려다보았다. 피범벅이긴 상호 손도 마찬가지였다. 믿기지 않았다. 제가 한 일이란 게, 제가 지민이를 때렸다는 게 상호는 절대 믿기지 않았다. 쓰러지듯, 상호가 바닥에 주저앉아 지민이를 얼싸안았다.

"지민아, 괜찮아?"

잔뜩 겁을 집어먹은 지민이가 고개를 끄덕였다. 입술을 실룩거리고 코를 벌름거리면서도 지민이는 끝내 울지 않고 있었다. 눈동자만 불안스레 흔들거렸다.

상호는 지민이를 화장실로 데리고 갔다. 수도꼭지를 틀어 세면대에 물을 받았다. 지민이가 거울을 통해 제 얼굴을 보았다. 지민이는 그제야 눈물을 떨어뜨렸다. 내내 참고 있던 눈물이 핏방울에 섞여 세면대를 붉게 물들였다.

상호가 세면대 물을 내리고 새 물을 받으려고 수도꼭지를 틀었을 때였다.

"형아야, 말 안 할게. 아무한테도. 그러니까……, 나 두고 가지 마."

꺼억 꺽, 숨넘어가는 목소리로 지민이가 말했다.

상호는 아무 데라도 숨고 싶었다. 도망가 버리고 싶었다.

그날 밤이었다. 엄마 아빠 둘 다 아직 집에 들어오지 않고 있었다. 상호는 침대에 누워 한참을 뒤척였다. 잠이 오지 않았다. 물이라도 한 잔 마실까, 싶었다. 거실로 나가자 지민이 방문이 살짝 열려 있는 게 보였다.

상호가 지민이 방문을 열자 새근새근, 숨소리가 들려왔다. 상호는 이 소리가 좋았다. 걱정 근심 하나 없이 아늑하게 가라앉아 있는 소리. 상호는 지민이에게서 나는 다디단 냄새도 좋았다. 제가 돌봐 줘야겠다고 느끼게 해 주는 여린 풀잎의 냄새. 상호는 침대 끝에 걸터앉아 잠든 지민이를 한참 내려다보았다. 창문으로 새어 들어오는 달빛이 지민이 얼굴을 오롯이 비춰 주었다.

그렇게 지민이 얼굴을 바라보다, 방을 나서려 일어섰을 때였다. 지민이 책상 위에 펼쳐져 있는 공책이 눈에 들어왔다. 작년서부터 글씨를 배우기 시작하더니 실력이 꽤 늘었다. 상호는 또박또박한 동생 글씨를 확인하며 자기도 몰래 미소를 머금었다. 공책엔 꽤 긴 글이 쓰여 있었다. 슬깃 호기심이 일었다. 상호는 달빛이 환하게 비치는 창문가로 가 공책을 들여다보았다. 무슨 이야기를 이리도 길게 적어 놓은 것일까? 지우개 자국이 선명한 것으로 보아 잠들기 전에 쓴 글임이 분명했다.

형아가 때려따. 아파따. 형아 눈이 무서워따. 아빠 눈 가탔따. 형아는 아빠가 때리니까 나도 때린다. 그러니까 아빠가 나뿌다. 형아는 안 나뿌다.

툭, 상호는 그만 지민이 일기장을 떨어뜨리고 말았다. 도망치듯 지민이 방을 빠져나왔다. 거실 등이 가시처럼 상호 눈을 찔렀다. 상호는 서둘러 거실 등을 끄고 주방 등까지 껐다. 그제야 달빛이 온전히 비쳐 들었다. 상호 마음을 알겠다는 듯 거실로, 주방으로 밀려 들어온 달빛은 은은하고 고요했다. 달빛이 그네처럼 흔들거렸다.

상호가 제 방문을 밀었을 때였다. 누군가 상호 어깨에 손을 얹었다. 조심스러우면서도 몹시 부드러운 손길. 괜찮아, 괜찮아. 손길이 상호 어깨를, 상호 등을 쓰다듬었다. 상호는 더 이상 참을 수가 없었다. 흐윽. 오랫동안 숨겨 두었던 것을 상호가 마침내 가슴 밑바닥에서 꺼내 놓았다. 상호 어깨가 심하게 흔들거렸다. 어느새 달빛이 상호의 울음 속으로까지 스며들어 와 있었다.

6

담임이 어제, 집으로 전화하겠다고 했다. 그런데도 엄마 아빠 둘 다 아직 별말이 없다. 그래서 더 불안하다. 나는 몇 번이나 컴퓨터를 켰다가 끄고, 켰다가 끈다.

물론 아빠는 내가 무슨 말을 한들 믿지 않을 것이다. 아니, 내 말을 들으려고도 하지 않을 것이다. 나 역시 이젠 아무 말도 하고 싶지 않다. 변명한다고 해서 변할 건 하나도 없으니까. 사실 하고 싶은 말은 따로 있다. 물론 하고 싶다고 할 수 있는 건 아니더라도 그럴 수 있는 상황이 된다면 나는 아빠 앞에서 버럭 소리부터 지를 것이다. 그럼 아빤 당장에 기가 팍 죽을 것이다. 안 봐도 뻔하다. 그런 후 지글지글 타는 눈빛으로 아빠를 노려봐야지, 꼭 아빠가 나를 노려보듯이. 말 나온 김에 좋은 옷도, 좋은 물건도 다 필요 없다고 소리칠 것이다. 겁쟁이 주제에, 술로 덮고, 악다구니로 덮고, 나나 지민이에게 행패 부리는 것으로 덮으면, 아빠가 그리 겁내는 게 사라지는 거냐고, 없어지는 거냐고 따져 물을 것이다. 엄마에게는 왜 우리를 본체만체하는 거냐고 따질 것이다.

엄마가 며칠 전 내 방에 들어왔을 때다. 나는 그날 얼마나 기뻤는지 모른다. 오랜만에 내 방에 들어온 엄마가 얼룩진 내 침대보도, 비틀어진 액자도 살펴 줄 거라 기대했으니까. 그런데 웬걸? 방 모서리에 쳐진 거미줄을 맨손으로 쓱 걷어 낸 엄마는 핸드폰이 울리자마자 방 밖으로 휭 나가 버렸다. 분명 용건이 있어 들어온 것일 텐데, 엄마는 모든 걸 까맣게 잊어버린 듯 다시는 내 방에 들어오지 않았다.

엄마는 내가 아빠를 닮아 무척 겁이 많다는 사실도 잊어버린 것 같다. 지민이만 했을 때 나는, 아무리 창피해도 화장실 문을 열어 놓고 오줌을 눴다. 그 정도였다. 지금도 마찬가지다. 밤이 되면 나는 늘 겁에 질려 있다. 혹시 우리 집 베란다에 누가 숨어 있는 건 아니겠지? 저벅저벅, 밖에서 들려오는 저 발소리, 저 발소리가 쳐들어와 문을 열라고 쾅쾅 두들겨 대는 건 아니겠지? 그런데도 엄마는 나를, 아니 우리를 늘 팽개쳐 두고 있다. 오로지 자기 생각만 하고 사는 사람이다.

또 엄마는 지민이가 불을 끄면 잠들지 못한다는 사실도 잊어버린 것 같다. 불을 켜 두었다가 지민이가 잠들면 불을 꺼야 하는데, 며칠 전 오래간만에 일찍 들어온 엄마는, 전기세가 아깝다며 지민이 방의 불을 다짜고짜 꺼 버렸다. 당연 지민이는 울고불고 난리가 아니었다. 나는 그런 엄마를 보며 엄마가 우리와의 모든 일을 다 잊어버렸다고 생각했다. 갑자기 엄마가 엄마가 아닌 것처럼 느껴졌다. 오싹했다.

하지만 나는 알고 있다. 내가 결코 엄마 아빠 앞에서 아무 말도 하지 못하리라는 것을, 지금도, 내일도, 내년에도. 아니, 어른이 되어서도.

사실 내 문제는 미우면서도 미워할 수 없다는 거다. 나는 진짜 그게 잘 안 된다.

나는 아빠가 처음부터 무서운 사람이었던 건 아님을 잘 알고 있다. 엄마도 힘든 일이 많다는 것을, 특히 아빠 때문에 견디기 힘들어 한다는 것을 나는 너무도 잘 알고 있다. 그러니까 말할 수 없는 거다. 그러니까 미워할 수 없는 거고. 에잇, 할 수 없다. 그냥 컴퓨터만 할 밖에.

컴퓨터를 켠다. 위잉, 컴퓨터가 돌아가기 시작한다. 나는 발동 걸린 컴퓨터 소리가 참 좋다. 이 세상에서 제일 듣기 좋은 소리다. 이제 나는 가만있기만 하면 된다. 그러면 컴퓨터가 자연스레 나를 데려다 줄 것이다. 걱정할 것도, 두려워할 것도 없는 세상으로.

나는 나를 컴퓨터에 집어넣는다.

"집 안 꼴이 이게 뭐야. 자식이 무슨 짓을 하고 다니는지도 모르면서 밖으로만 싸돌아다녀? 부녀회 일이건 자치회 일이건 다 때려치워. 봉사 모임도 당장 그만두란 말이야!"

"당신 먼저 똑바로 해. 애들이 누굴 보고 배우겠어, 다 아버지 보고 따라 배우는 거지."

엄마가 다른 날보다 일찍 들어왔고 아빠도 술을 먹긴 했지만 일찍 들어왔다. 담임에게 연락을 받은 걸까? 상호는 드디어 일이 터진 거라고 느꼈다.

밖에서 들려오는 소리를 덮어 버리려고 상호는 컴퓨터를 켰다. 그런데 어찌된 일인지 컴퓨터를 켰는데도 불안한 마음이 가시질 않았다. 어떡하지, 날 가만두지 않을 거야. 병신, 가만두지 않으면 뭘 어쩌겠냐? 그냥 막 대들어. 그럼 네가 이기는 거라고. 상호는 상호 안의 상호와 이야기하며 불안한 마음을 달랬다. 그 와중에도 손가락은 멈추지 않았다. 손가락들이 자판 위에서 미친 듯 춤을 춰 댔다. 그래, 그렇게 할까? 그러면 다 괜찮아지는 거야? 그렇다니까, 이 바보야. 마구잡이로 두드려 대는 통에 자판은 금방이라도 부서져 버릴 것 같았다. 상호 머릿속에는 이미 수많은 게임 캐릭터들이 몰려들어 와 있었다. 상호는 정신을 차릴 수 없었다. 상호 얼굴 위로 송골송골 땀이 맺혔다.

"박상호, 나와."

아빠가 상호를 불렀다. 상호는 길게 숨을 한 번 들이쉬고 의자에서 일어났다. 일어나면서도 여전히 손가락을 멈추지 않았다. 집게손가락이 허벅지 한 곳만을 집요하게 난타하자 상호 다리가 후들거렸다. 오른 다리가 왼 다리를 툭툭 쳐 댔다. 지금 상호는 머릿속으로 박격포를 날리는 중이었다. 으윽, 상호의 조준이 정확했는지 적들이 한꺼번에 쓰러졌다. 상호는 쾌재를 질렀다.

"이 새끼야, 당장 나오라니까!"

아빠는 이러니까 문제라고 생각했다. 한 마디도 지지 않고 대꾸하는 상호 엄마 때문에 애들조차 자신을 무시하는 거라고. 그래서 제멋대로 사고나 치고 다니는 거라고, 그렇게 생각했다.

상호는 얼른 거실로 나가야 한다고 생각했다. 시간을 끌었다간 저만 더 크게 당할 테니까. 그런데 어찌된 일인지 상호 손은 방문을 닫아걸고 있었다. 상호는 아예 창문까지 닫아 버렸다.

"야, 빨리 안 나와?"

아빠가 거실 탁자에 놓여 있는 사각 휴지를 집어 들어 상호 방문을 향해 힘껏 던졌다.

상호는 물건 부딪히는 소리와 동시에 의자에 털썩 주저앉았다. 손가락은 여전히 무릎 근처에서 계속 까닥거렸다. 괜찮아, 괜찮아질 거야, 괜찮아지고말고. 하지만 상호의 등허리론 식은땀이 줄줄 흘러내렸다. 자기 최면도 이젠 효과가 없는 건지 도무지 진정이 되지 않았다. 상호 눈동자가 한시도 멈추지 않고 사방으로 돌아다녔다. 또르륵 또르륵, 눈동자 굴러가는 소리가 들려올 정도였다.

"너, 친구 집에서 무슨 짓을 한 거야? 왜 걔네 엄마가 전화해서 자식 교육 운운하는 거냔 말이야?"

상호는 다시 숨을 깊게 들이쉬었다. 어깨뼈와 늑골이 올라갔다 내려오며 몸을 이완시켰다. 상호는 아주 잠깐 편안한 상태가 되었다. 상호는 억지로 눈을 감고 정신을 바짝 차려야 한다고 생각했다.

띠디딕, 띠디딕. 그때, 현관문 열리는 소리가 들려왔다. 곧

형아야, 하는 목소리도 함께 들려왔다. 상호는 이젠 정말 정신을 똑바로 차려야 한다고 생각했다. 지민이가 돌아왔으니까. 이젠 제가 지민이를 돌봐 줘야 할 시간이 되었으니까.

"너 이리 와 봐."

아빠 목소리.

"……."

대답 없는 지민이.

상호는 답답했다. 엄마는 또 방으로 들어가 버린 게 분명했다. 당연했다. 늘 상호와 지민이를 내팽개쳐 두고 도망가 버리는 사람이니까 말이다. 나마저 지민이를 내팽개치면 안 돼. 상호는 의자에서 간신히 일어나 문고리를 돌렸다. 잠겼던 고리가 톡 소리를 내며 튀어 올라오자 상호 몸이 저절로 움찔거렸다.

"너, 말해 봐. 형이 컴퓨터로 무슨 짓거리를 하는지 말해 보란 말이야. 넌 항상 형하고 있으니까 알 거 아냐? 당장 말하라니까!"

아빠가 악다구니 쓰는 소리가 또다시 들려왔다.

아빠는 화가 나서 견딜 수가 없었다. 오전엔 상호 담임이란 사람이 전화를 해서 어처구니없는 소리를 해 대더니, 오후엔 건이 엄마라는 사람이 똑같은 소리를 지껄여 댔다. 게다가 자기보다 먼저 담임 전화를 받은 게 분명한 상호 엄마는 입도 벙긋하지 않았다. 모두들 다, 자기를 무시했다.

아빠가 옆에 있는 화분을 세게 걷어찼다. 화분은 넘어지면서 흙을 쏟아 냈다. 흙만이 아니었다. 화분을 덮고 있던 이끼, 잔돌들까지 다 쏟아져 거실 바닥은 엉망진창이 되고 말았다.

"형아가……."

지민이가 우물거리는 소리가 들려왔다.

상호는 기운이 빠졌다. 지민이에게 무슨 말을 하라는 거지? 아빠는 제정신이 아닌 게 분명했다. 지민이 입에서 무슨 말이 나오길 기대하고 있는 거냐고? 상호는 어처구니가 없어 코웃음을 쳤다.

"거짓말하지 말고, 똑바로!"

다시 들려오는 아빠 목소리. 동시에 물건이 날아가고 땅에 떨어지는 소리도 들려왔다.

"아얏."

다시 지민이 목소리.

불쑥, 어제 오후 피범벅이던 지민이 얼굴이 떠올랐다. 상호는 저도 몰래 다시 문고리를 잡았다. 아무도 지민이를 건드리면 안 돼. 내가 용서하지 않을 거야. 용서하지 않을 거란 말이야.

그때, 팟 소리와 함께 불이 켜지는 것처럼 상호 머릿속으로 컴퓨터 화면이 들어왔다. 방치해 두었던 게임은 절정을 향해 치닫고 있었다. 만신창이가 된 상호 캐릭터. 컴퓨터 화면을 바라보는 상호 눈이 지글지글 타오르기 시작했다. 화면 속 상호는 피투성이가 된 채로 바닥을 박박 기어가고 있었다. 상호의 손톱 자리는 이미 실밥 뜯어진 옷처럼 너덜너덜, 피투성이였고 상처투성이였다. 적은 이런 상호의 모습에 전혀 신경 쓰지 않았다. 한달음에 달려와 상호 옆구리를 또 걷어찼다. 상호가 하늘로 휙 날아갔다. 한참 후 상호는 털썩 소리를 내며 땅에 떨어지고 말았다.

상호가 눈을 끔벅이는 사이 캐릭터는 어느새 지민이로 변해 있었다. 이번엔 지민이가 기어가며 피를 흘리고 있었다. 지민이가 적의 발에 걷어채어 하늘로 날았다. 작은 새 같은 지민이 몸은 금방이라도 공중에서 산산조각 날 것 같았다. 상호는 질끈 눈을 감았다. 지민이가 죽어 버릴 것 같았다. 도저히 보고 있을 수가 없었다.

"이 새끼가. 혹시 너도 형이랑 그런 거 보는 거 아냐?"

"아악!"

아빠 목소리와 함께 지민이 목소리가 들려왔다.

상호는 문고리를 돌렸다. 게임을 계속해야 했다. 어느새 적이 거실까지 쳐들어와 있었다. 적을 발견한 이상 물러서면 안 된다. 상호의 움직임은 잽쌌다. 문을 열고 나가는 와중에도 상호 손가락들은 무릎 근처에서 쉼 없이 까닥거렸다. 이제는 머리통까지 손가락을 따라 까닥거렸다.

"너, 이 새끼, 친구 집에서 무슨 짓을 한 거야? 왜 걔네 엄마가 전화질해서 자식 교육 운운하고 지랄하는 거냔 말이야?"

밖으로 나온 상호를 보자마자 아빠가 소리를 질렀다.

상호는 숨을 깊게 들이쉬었다. 승리를 위해선 긴장을 거둬 내야 했다. 과도한 긴장은 실수를 부르는 법이니까. 하지만 상호의 손가락만은 여전히 멈추지 않고 있었다. 못이라도 박는 듯 상호 손가락이 한곳만을 집요히 두드려 댔다.

그때, 안방 쪽에서 소리가 들려왔다. 엄마였다. 엄마 눈에 상호가 이상하게 보였다. 고개를 갸웃거리며 엄마가 상호 가까이로 다가왔다.

"말을 해 봐! 돈 주고 학교 보내고 학원 보내 주니까 도대체 무슨 짓 하고 다니는 거야, 머리에 피도 안 마른 것이."

엄마가 나타나자 아빠는 더 흥분하기 시작했다.

상호에게 이젠 엄마 아빠 따윈 존재감이 없었다. 상호 눈엔 오로지 지민이만 보였다. 지민이가 거실 바닥에 쓰러져 있었다. 아, 지민이 얼굴이 찢어졌잖아. 지민이 팔도 다리도 다 부러졌잖아. 상호가 중얼거리자 상호 손가락 끝으로 피가 몰리기 시작했다. 상호 눈빛이 무섭게 번득거렸다. 눈빛이 변하자 손가락의 움직임은 더 거세어졌다. 눈에 보이지 않을 정도로 상호 손가락의 움직임이 현란해졌다. 손가락을 따라 상호 몸이 좌우로 흔들거렸다.

"이놈이나 저놈이나."

아빠는 자기 말에 취한 사람 같았다. 말을 뱉어 낼수록 화가 치솟는 모양인지 얼굴이 벌게졌다.

상호가 아빠를 노려보았다. 너는 적이다. 지민이를 넘어뜨린 적. 호시탐탐 내 목숨을 노리는 적. 상호는 다시 숨을 골라야 했다. 눈을 감았다 뜨고 어깨도 올렸다 내렸다. 상호는 이제 마지막 일격을 준비하고 있었다.

"손가락 부러뜨려 놓기 전에 당장 그만둬, 당장!"

상호는 이제 본격적으로 싸워야 할 때라는 걸 느꼈다. 상호의 낯빛이 점점 어두워져 갔다. 상호 손가락이 두꺼운 바지를 뚫고 말 듯했다.

"저 자식이."

아빠가 벌떡 일어서 상호에게 한 발 다가섰을 때였다.

"그만둬!"

엄마가 소리쳤다. 아빠가 힐끗 엄마를 돌아보았다.

"그런 것 좀 볼 수 있잖아?"

다시 엄마가 말했다. 방금 전보다 한풀 꺾인 목소리였다.

"볼 수 있다고?"

아빠가 맞받아쳤다.

"애한테 그만하라고."

"지금 무슨 소릴 하는 거야? 자식 교육 하나 제대로 못 시켜 놓고. 말이면 다인 줄 알아?"

아빠가 집채만 한 몸을 흔들어 대며 소리를 질렀다.

상호는 머릿속이 터질 듯했다. 갑자기 엄마가 거실에 나타나는 바람에 모든 것이 뒤죽박죽되고 말았다. 작전을 바꿔야 했다. 어떤 무기를 써야 하지? 어디를 노려야 할까? 순간 상호 머릿속으로 금빛 화살이 떠올랐다. 빛의 속도로 날아가는 화살. 옷깃만 스쳐도 적을 갈가리 찢어 버리는 화살. 금빛 화살이라면 아빠가 얼마나 더 거대해지든, 엄마가 어떤 방식으로 교란을 하든 단번에 적을 물리쳐 줄 것이다. 하지만 단 한 방이다. 금빛 화살은 단 한 번만 쏠 수 있었다.

상호는 한 주먹이나 되는 침을 꿀꺼덕 삼켰다. 다급해진 상호 손가락이 좌우로 마구 흔들거렸다. 마치 자기 몸을 때리는 것처럼 상호 손짓은 무지막지했다. 상호가 온몸을 뒤틀었다.

지민이는 입을 다물지 못한 채 상호를 올려다보았다. 아빠에게, 아니 엄마에게 어서 형을 보라고, 형이 이상하다고 말하고 싶었다.

"당신은 변했어. 일이 꼬일 적마다, 사업이 힘들어질 때마다 나와 애들을 괴롭히잖아. 그놈의 술만 죽어라 마셔 대면서 늘 우릴 못살게 굴지. 그런 당신이 나를, 애들을 탓할 자격이 있다고 생각해?"

엄마가 소리를 질렀다. 엄마 말이 끝나기 무섭게 아빠가 거실 탁자를 엎어 버렸다. 탁자 위에 놓여 있던 물건들이 거실 바닥에 그대로 내동댕이쳐졌다.

지민이가 엄마 곁으로 갔다. 도저히 가만있어선 안 되겠다는 생각이 들어서였다.

"엄마, 형아 좀 봐. 형아 이상해."

지민이가 엄마 허리춤을 꼭 붙잡았다. 지민이가 몇 번 더 허리춤을 흔들어 대자 엄마는 그제야 고개를 돌려 상호를 바라보았다.

엄마가 상호에게 다가갔다. 상호는 그저 엄마 얼굴을 물끄러미 바라보기만 했다. 잠깐, 아주 잠깐 상호 눈에 물기가 어리는 듯했다.

"도대체 왜 아무도 나를 믿어 주지 않는 거야? 왜, 다들 나를 무시하는 거냐고, 왜?"

아빠가 벽을 향해 주먹을 내리친 건 엄마가 상호를 막 끌어안으려 할 때였다. 상호가 엄마를 밀쳐 냈다. 뒤로 밀린 엄마가 벽에 부딪혔다. 엄마는 당황한 눈빛으로 상호를 바라보았다. 상호 눈이 이상했다. 상호 눈동자가 초점을 맞추지 못하고 계속 움직거리고 있었다.

"이놈이 미쳤나?"

벽에 부딪힌 엄마를 보고 아빠가 다시 상호를 향해 소리를 버럭 질렀다. 아빠가 상호에게 뚜벅뚜벅 걸어갔다.

"그냥 둬. 애가 이상해. 애가 이상하단 말이야."

엄마가 아빠를 말렸지만 아빠 귀에는 들리지 않았다. 아빠는 상호를 향해 주먹을 내리쳤다. 하지만 와락 상호를 끌어안은 엄마 덕분에 상호는 솥뚜껑만 한 아빠 주먹을 피할 수 있었다. 아빠는 주먹이 빗나가서인지 더 흥분하기 시작했다. 한껏 달아오른 아빠의 볼따구니가 마구 실룩거렸다.

"상호야, 들어가. 네 방으로 어서 들어가."

엄마는 상호를 방으로 밀어 넣었다. 지민이도 제 방으로 들어가야 했다. 상호는 손가락을 멈추지 않고 방으로 밀려 들어갔다.

"못된 짓 하다 걸린 놈을 두둔해? 저놈 손가락을 부러뜨려도 시원치 않을 판에?"

"애가 이상하잖아. 제발 소리 좀 낮춰."

"소리를 낮춰? 이 집에서 만날 악다구니 치는 사람이 누군데?"

"지금 그런 이야기 하자는 게 아니잖아. 당신 눈엔 상호가 아무렇지 않아 보여? 제발."

엄마 아빠는 계속 다퉜다. 둘 다 한 마디도 지지 않았다. 상호는 방에 들어와서도 좀체 진정이 되지 않았다. 아직 싸움은 끝나지 않았다. 어서 이 싸움을 끝내야 해, 그래야 내가 살 수 있어.

초조해진 상호가 컴퓨터 의자에 앉았고 상호 손은 저절로 자판 위로 올라갔다. 잠들어 있던 모니터가 켜지면서 어두운 방 한쪽 구석이 밝아졌다. 화면 속 빛이 상호를 휘감았다. 마치 누에가 고치를 감는 것처럼. 상호는 그렇게 둥그런 빛 속에 한참을 그냥 앉아 있었다. 컴퓨터 빛 속에서 똬리를 튼 상호는 무척 단단해 보였다.

"제발 그만해, 제발."

엄마는 이제 아빠를 진정시키고 있었다. 정말 무언가, 정말 이상했다. 상호에게 심각한 문제가 생긴 건 아닐까? 불길함이 엄습해 엄마는 한껏 목소리를 낮추었다. 엄마 말이 통한 건지 아빠가 소파에 털썩 앉았다. 아빠는 거침없이 옷을 벗어젖혔다. 팬티 바람 그대로 아빠가 소파에 누웠다. 흥분을 잃은 아빠 볼따구니가 축 처진 평상시 모습으로 되돌아갔다.

엄마가 상호 방을 향해 몸을 돌렸다. 상호에게 문제가 생겼다. 상호를 안아 줘야 해. 우리 귀한 아들, 상호. 엄마는 가만히 상호 방문을 열었다. 엄마는 그사이 상호가 잠들었을

지도 모른다고 생각했다.

"안 돼, 안 돼, 상호야, 상호야."

하지만 엄마는 상호 방으로 한 발자국도 들어갈 수 없었다. 거대한 빛이 상호 몸을 칭칭 감고 있었기 때문이다. 상호는 천천히, 아주 천천히 그 빛을 타고 컴퓨터 안으로 들어가고 있었다. 아주 편안한 얼굴이었고, 만족스러워하는 표정이었다. 상호 몸이 자판에 얹어진 손가락부터 컴퓨터 속으로 끌려 들어가고 있었다. 팔이 들어가고 턱이 빨려 들어갔다. 머리통이 완전히 사라지자 상호 몸은 반 토막이 되어버렸다.

엄마는 어떻게든 상호를 붙잡아야 한다고 생각했다. 반 토막 남은 상호 몸통을 붙잡고 상호를 컴퓨터 밖으로 끄집어내야 한다고. 하지만 거대한 빛은 벌써 단단한 벽을 만들어 놓고 있었다. 아무리 밀어내도 빛은 사라지지 않았다. 두들겨 대도 부서지지 않았다.

"여보, 여보."

엄마가 아빠를 불렀다. 상호 엉덩이가 컴퓨터 안으로 쏙 들어가고 있을 때였다.

드르렁, 드르렁. 하지만 코 고는 소리만 들려올 뿐, 아빠는 깨어나지 않았다. 아빠 팬티와 구멍 뚫린 메리야스만 코 고는 소리에 맞춰 들썩거릴 뿐이었다. 엄마는 그 자리에 그대로 주저앉고 말았다. 어느새 아침이 밝아오고 있었다.

엄마, 바람이 느껴져요. 새소리도 들리고요. 사람들은 이곳을 딱딱하고 차가운 곳일 거라고 상상하지만 그렇지 않아요.

엄마, 나는 사자가 되었어요. 드넓은 초원이 내가 사는 곳이에요. 풀 냄새도 나고 바람 냄새도 나고. 나는 거의 하루 종일을 커다란 나무 밑에서 늘어지게 잠만 자요.

엄마, 나는 힘센 사자지만 무서운 사자는 아니에요. 그저 내가 있다는 것을 느끼게만 할 뿐, 아무도 해치거나 괴롭히지 않아요. 나는 그저 좋은 사자가 되고 싶어요. 내가 곁에 있어서 모두가 편안하고 평온해지는, 든든해지는 그런 사자 말이에요. 날카로운 이빨과 발톱을 가졌지만 아무에게나 함부로 드러내지 않는 그런 진짜 사자 말이에요. 진짜 사자는 그 누구도 함부로 괴롭히지 않아서 진짜 사자인 거예요. 그래서 모두 다 진짜 사자를 존경하고 사랑하는 거고요. 엄마, 그러니 이제 걱정하지 마요. 나는 진짜 사자가 될 거고, 곧 행복해질 테니까요.

다만 한 가지 걱정되는 게 있어요. 지민이. 지민이가 곁에 있어 달라고 늘 내게 부탁했는데. 그냥 아무 말 없이 떠나온 것이 미안하고 너무 마음 아파요.

하지만 가끔씩은 지민이 방을 비추는 달빛을 타고 지민이를 찾아갈 거예요. 지민이를 돌봐 줘야 하는 건 항상 내 몫이었으니까요.

나는 사실 이곳에 오기 전까지 마음처럼 지민이를 잘 돌봐 주지 못했어요. 하지만 나는 이제 사자니까, 진짜 사자가 될 거니까 충분히 잘 해낼 수 있을 것 같아요. 지민이에게 좋은 형이, 진짜 사자가 될 자신이 있어요.

엄마, 난 엄마 아빠를 이해해요. 아니, 사랑해요.

특히 아빠……!

아빠도 분명 진짜 사자가 되고 싶었을 거예요. 내 기억 속에 있는 아빠 모습이 내게 그걸 가르쳐 주었어요. 그래서 나는 진짜 사자가 되지 못한 아빠를, 그저 사자 노릇만 한 아빠를 충분히 이해해요.

엄마, 바람이 불어요. 바람이 손가락을 집어넣어 내 갈기를 마구 흩트려 놓아요. 바람은 장난꾸러기예요. 이제 이 바람을 맞으며 초원을 거닐까 해요. 바람에 한껏 부푼 내 갈기를 보고 초원에 있는 모두가 고개를 조아리겠지요. 나는 그저 으르렁, 한 번만 울부짖을 거예요.

아 참, 엄마. 내가 보고 싶으면 엄마도 달빛이 비치는 날, 지민이 방으로 오세요. 아름다운 달빛을 바라보고 있으면 분명 나를 볼 수 있을 거예요. 그래요, 우린 항상 만날 수 있어요. 엄마 아빠, 그리고 지민이를 이 세상 누구보다 사랑해요……. 사랑해요. 그럼 안녕.

흉터

"이거 네 거야?"

누군가 재인이 앞으로 샤프 하나를 불쑥 내밀었다. 1교시 수업이 끝나고 사라져 버린 재인이 샤프였다. 재인이는 고개를 끄덕이며 샤프를 낚아챘다.

샤프를 건네준 아이는 어찌된 일인지 꼼짝하지 않았다. 왜 저러고 있는 거야? 무슨 용건이라도 남은 거야? 그림자처럼 버티고 선 아이가 불편해 재인이는 머릿골이 아팠다. 이름이라도 알면 덜 당황스러울 텐데. 잔바늘들이 재인이 머릿속을 들쑤셔 댔다.

"야!"

별안간 그 아이가 버럭 소리를 질렀다. 엉겁결에 재인이는 고개를 치켜들었다.

"고맙다고 해야지. 고마운 줄도 모르냐, 너는?"

겨우 그 한 마디 안 했다고 소릴 지른 거야? 하필 저런 애한테 걸려들다니. 재인이는 버티고 선 아이가 등교 첫날부터 꽤 소란스러웠다는 것을 기억해 냈다. 이런 일이 아니었다면 굳이 눈길조차 나눌 필요가 없는 아이였다. 찬물 한 바가지를 뒤집어쓴 듯, 와락 불길함이 끼쳐 왔다.

"은아야."

그때, 누군가 검은 그림자를 불렀다. 저벅저벅, 발소리도 함께 들려왔다. 맞아, 저 애 이름이 은아였어. 그래, 은아. 번뜩 떠오른 기억을 붙잡고 재인이가 고개를 살짝 치켜들었을 때였다.

"주고만 오라고 했잖아. 왜 괜한 생트집이니?"

환청인 듯, 낮고 그윽한 목소리가 들려왔다. 귀에 익은 목소리였다. 재인이가 목소리를 향해 고개를 돌렸다. 은아는 당황한 기색을 감추지 못하고 목소리의 주인공에 제 시선을 꽂아 두고 있었다. 누리였다.

흙먼지 일듯이 며칠 전 기억이 떠올랐다. 사실 그 일이 아니었다면 은아라는 이름 따윈, 기억해 내지 못했을 것이다. 재인이는 얼굴을 으그러뜨렸다. 다행히 커튼 같은 앞머리가 재인이의 표정을 감춰 주었다. 교묘했다. 그래도 별나게 짙어 보이는 눈가 그늘만은 가려 주지 못해, 재인이 얼굴은 빗금을 그어 놓은 도화지 같아 보였다. 그런 재인이를 눈을 가느스름하게 뜬 채로 누리가 찬찬히 살펴보았다.

며칠 전, 체육 시간이었다.

"야, 앞머리 좀 올려라. 사인을 볼 수 없잖아."

은아는 피구 시합 내내 재인이에게만 예민하게 굴었다. 그냥 재미로 하는 경기가 아니라 재인이네 반과 옆 반이 맞붙어 하는 시합이기 때문이었다.

"진 반이 콜팝 쏘는 거다."

체육 선생님은 맞불만 질러 놓고 등나무 그늘로 도망갔고, 시합은 나 몰라라 한 채 곧 문자 삼매경에 빠졌다.

콜팝에 목숨을 건 아이들은 난리가 아니었다. 특히 승부욕이 지나치다 싶은 은아는 계속 재인이만 몰아세웠다.

"야, 너! 나 빡돌게 할래? 공을 제대로 패스하려면 눈으로 사인을 봐야지. 그놈의 머리카락 때문에 당최 아무것도 안 보이잖아?"

재인이가 공을 놓칠 때마다 번번이 은아의 면박이 날아왔다. 은아는 재인이의 눈을 찌를 듯 삿대질하기도 했다. 사실 미치겠는 건, 재인이었다. 뛰고 싶지 않은 경기에 번호 순으로 불려 나간 것도 억울한데, 핀잔이라니! 당장 공을 던져 버리고 나가고 싶었지만 은아 눈치에 기가 질려 내색조차 할 수 없었다. 게다가 은아가 분통을 터뜨려 댈 때마다 아이들 시선이 물벼락처럼 쏟아졌다. 재인이는 손발이 오그라들었다. 속수무책인 상황에서 재인이가 할 수 있는 일이라곤 오직 은아의 시선을 피하는 것뿐이었다.

"으이그, 속 터져."

은아가 패스한 공을 재인이가 또 놓쳤을 때였다. 은아가 급기야 재인이에게로 성큼 다가와 재인이 한 손을 덥석 붙들었다. 은아는 재인이를 향해 한 팔을 쭉 뻗었다.

"귓구멍에 콘크리트라도 발랐냐? 당최 내 말이 들리지 않는 거냐고?"

재인이 앞에 우뚝 서 있는 은아 손엔 꽃핀이 들려 있었다. 핀으로 재인이 앞머리를 고정시키려는 수작이었다. 재인이는 붙잡혀 있던 손을 털어 내 얼른 제 이마부터 눌렀다. 그렇지 않아도 이미 바람이 살짝살짝 재인이 앞머리를 건드려 놓고 있었다. 재인이는 저도 몰래 은아를 밀쳐 내 버렸다. 재인이 얼굴은 이미 반쯤 울고 있었다. 재인이는 은아가 비칠비칠 뒤로 물러나는 것을 보고서도 이마에 얹어 놓은 손을 걷어 내지 않았다. 재인이 손바닥은 이마에 박혀 있는 것처럼 보였다.

"싫다잖아."

그때였다. 은아와 재인이가 피구장 한가운데 서서 신경전을 펼치고 있던 그때, 낯선 목소리가 불쑥 끼어들었다.

"너 그날이지? 말하지 그랬어? 그럼 빼 줬을 텐데."

재인이 곁으로 다가온 아이가 재인이 귀에 속삭거렸다. 초콜릿처럼 다디단 목소리. 순간, 뜨거운 물에 얼음이 녹듯 재인이 몸이 녹아들었다. 재인이 어깨가 푹, 주저앉았다.

"야, 조은아. 넌 어쩜 그리 눈치가 없냐?"

그 아이는 은아 보란 듯이 아랫배를 살살 문질러 댔다.

재인이는 콧방울을 벌름거렸다. 재인이는 꿀떡꿀떡 올라오는 울음을 가까스로 참고 있었다. 꼼짝없이 당할밖에 없는 봉변을 모면했다는 안도감과 고마움이 한꺼번에 수면 위로 떠오르고 있었다. 그 아이는 재인이를 보며 화사하게 웃고 있었다.

"진작 말하지, 나만 독한 년 됐잖냐?"

당장 무안해진 은아가 한 마디 툭 내뱉더니, 뒤돌아 피구장 가운데로 들어갔다. 덕분에 재인이는 이후 피구 시합에서 빠질 수 있었다.

나중에 알고 보니 그 아이가 누리였다. 한누리!

재인이는 그날 체육 시간 내내 등나무 벤치에 앉아 누리만 훔쳐보았다. 누리가 햇빛 때문에 얼굴을 찡그리자 재인이도 얼굴을 찡그렸다. 누리가 제 이마 위 땀을 손등으로 훔쳐 내자 재인이 손도 덩달아 이마 위로 올라갔다.

운동장 가로 빙 둘러 심긴 플라타너스 사이로 햇빛이 밀려 들어오고 있었다. 햇빛을 타고 날아든 하얀 나비 한 마리가 재인이 가슴속으로 파고들어 왔다.

담임 선생님이 급식 이후 전부 교실에 남으라고 했다. 자리 배정 때문이었다.

제발 은아만 걸리지 마라, 은아만. 재인이는 속으로 수도 없이 되뇌었다. 행여 제멋대로인 데다가 제 잘난 맛에 사는 은아 같은 아이와 짝꿍이 된다면……. 밥이 목구멍에 걸려 넘어가지 않았다. 꿀꺼덕, 억지로 한 숟가락 삼키고서도 쓰디쓴 음식을 씹은 듯 기분이 고약했다.

자리 배치 시간이 되자 재인이는 자기도 몰래 손톱을 물어뜯었다. 이제 막 살이 들어차기 시작한 손톱 자리는 연분홍빛이었다. 방심한 재인이가 말랑말랑한 살 끝을 물어뜯자 연분홍빛 손톱 자리로 금세 핏기가 돌았다. 아얏, 통증 때문에 손가락매듭까지 홧홧거렸다.

그런데 거짓말 같은 일이 일어났다. 누리가 재인이 짝꿍이 된 것이다. 재인이는 고개를 외로 돌리고 검은 연기 같은 한숨을 뱉어 냈다. 암담하던 중학교 생활이 화창해지기 시작한 첫날이었다.

누리는 중학교에 온 첫날부터 눈에 띄는 아이였다. 키가 커서 교복 맵시가 무척 좋았고 예쁜 얼굴에서는 절로 광채가 났다. 게다가 누리는 친절하기까지 했다. 그런 누리 주변으로 아이들이 하나둘 몰려들었다. 누리는 반 아이들의 중심에서 두각을 나타내는 중이었다.

"잘 지내자."

누리가 재인이에게 손을 내밀었다. 누리 손은 따뜻했다. 게다가 말랑한 밀가루 반죽처럼 보드랍기까지 했다.

그날 내내 재인이 얼굴엔 미소가 떠나지 않았다. 헤프게 보이면 안 되는데 싫어도 실실 새어 나오는 웃음은 대책이 없었다. 사실 마음 같아선 두 팔을 번쩍 추켜올려 제 기분을 한껏 드러내고 싶었다.

그렇게 재인이와 누리가 짝꿍이 된 지 한 달쯤 지났을 무렵이었다.

“선생님, 재인이랑 둘이면 돼요. 둘이서 다 할 수 있는데요, 뭐.”

반장이 된 누리에게 선생님이 환경 판 정리를 맡겼다. 누리는 대뜸 재인이를 지목했다. 누리는 선생님에게 재인이 손재주가 끝내준다는 말도 덧붙였다.

재인이는 생전 처음이었다. 누가 환경 판 정리를 같이하자는 것도, 손재주를 인정받아 본 것도 처음이었다. 쓱쓱, 종이를 오리고 붙이는 재인이 손엔 절로 리듬이 실렸다.

“잠깐만, 이건 이렇게.”

마지막 환경 판을 오리려 할 때였다. 누리가 이번엔 동그랗게 만들어 보자고 했다. 재인이 생각에도 밋밋한 사각보다는 나을 것 같았다. 누리가 커터 칼을 덥석 집어 들어 스티로폼을 잘랐다. 새로 산 지 얼마 되지 않은 커터 칼은 손을 타지 않아 무척 날카로웠다. 누리의 손놀림을 따라 커터 칼날이 쭉 밀려가는 것을 지켜보다가 재인이도 색 도화지를 오리기 시작했다. 맞은편 책상이 재인이 작업대였다.

"아얏!"

비명에 놀란 재인이가 고개를 번쩍 들었다. 빨간 핏방울이 스티로폼에 뚝뚝 떨어지고 있었다. 누리는 핏방울이 몽글 매달린 손가락을 어쩌지 못하고 그냥 팔을 늘어뜨리고만 있었다. 칼에 베인 자국대로 누리 손가락에서 계속 피가 흘러나왔다.

"어떡해?"

"괜찮아."

가슴이 조여들어 재인이 목소리엔 힘이 하나도 없었다. 누리의 억지웃음에 재인이 가슴이 촉촉이 젖었다.

"그래도 보건실에 가자."

행여 상처가 덧나면 어쩌지? 행여 흉터라도 생기면! 재인이는 심장까지 쪼그라드는 것 같았다. 그런 재인이 마음은 아랑곳하지 않고 누리가 애써 밝은 표정을 지어 보였다.

누리가 선생님 책상을 가리켰다. 선생님 책상 위엔 구급상자가 놓여 있었다.

"반창고면 돼. 가져다줄래?"

재인이는 누리가 시키는 대로 했다. 누리는 당황한 기색

하나 없이 의젓했다. 다행히 구급상자에는 여러 종류의 반창고가 구비되어 있었다. 재인이가 누리 상처에 일회용 반창고를 붙였다.

"재인아, 팔 좀 걷어 줘."

재인이가 구급상자를 다시 선생님 책상 위에 가져다 놓고 돌아왔을 때였다. 누리가 다치지 않은 팔을 재인이 앞으로 쓱 내밀며 밝게 웃었다. 소맷자락을 걷어 달란 소리였다. 아무래도 다친 손가락 때문에 불편한 모양이었다. 누리의 미소 때문이었을까? 돌연한 행동 때문이었을까? 무르춤해 있던 재인이 마음이 사르르 풀렸다. 재인이도 덩달아 웃으며 누리의 교복 셔츠 소매를 한 번, 두 번, 그리고 세 번 야무지게 겹쳐 접었다. 누리를 위로해 주고 싶은 마음에 최대한 맵시 나게 걷어 주고 싶었다.

"누, 누리야."

그런데 재인이가 갑자기 이맛살을 찌푸리며 말을 뱉어 냈다. 재인이는 고개를 들지 못하고 있었다. 재인이 시선은 본드 칠이라도 한 것처럼 한곳에 고정되어 있었다. 정리된 환경 판들을 살펴보고 있던 누리도 재인이 시선을 따라 고개를 숙였다. 재인이는 여전히 누리 팔을 붙잡은 채 꼼짝 못하고 있었다.

"일부러 그런 거 아니야. 미안해."

재인이가 읊조리듯 말했다. 재인이 얼굴은 불에 달궈진 쇠꼬챙이처럼 벌겠다.

"거기까진 안 걷어도 되는데. 너무 많이 올렸다, 야."

당황해하는 재인이와 달리 누리 목소리는 무덤덤했다.

누리 대답이 신호라도 되는 것처럼 재인이가 얼른 누리 옷소매를 한 단 내렸다. 누리가 픽, 웃었다.

"근데 너, 재밌다. 네가 왜 미안하냐?"

누리의 거리낌 없는 미소와 말투가 다시 재인이 가슴을 울렸다. 재인이 가슴에서 무언가 자꾸 서걱거렸다.

소매 단을 접었을 때 재인이가 발견한 것은 흉터였다. 적어도 몇 십 바늘은 꿰맨 자국. 잡티 하나 없이 매끈한 누리 팔을 그어 내려간 흉터는 흡사 지퍼처럼 보였다. 그 지퍼를 내리면 누리 몸 안으로 너끈히 파고들 수 있을 것 같았다. 정말 장난 아니게 큰 흉터였고, 장난 아니게 끔찍한 흉터였다.

재인이는 누리 옷소매를 내려 주면서 순간, 지우개로 지울 수 있다면 누리 흉터를 지워 없애 주고 싶다는 생각을 했다. 느닷없이 가슴이 울려 재인이는 콧등을 찌푸렸다. 매운 기운이 이미 콧등까지 올라와 있었다. 재인이가 그런 마음을 수습하지 못한 채 고개를 들었다. 누리도 재인이를 보고 있었다.

"그런데 어쩌냐? 속도가 확 떨어지겠는데."

반창고 붙인 손가락을 치켜들어 보이며 누리가 카랑한 목소리로 말했다.

능청스러운 누리 목소리가 재인이 가슴을 또 두드려 댔다. 대번에 재인이 가슴이 축축이 젖어 들었다. 누리가 재인이 가슴에 웅덩이 하나를 만든 것 같았다.

그날, 집에 돌아와서도 재인이는 누리 흉터만 계속 생각했다. 어쩌다 생긴 흉터일까? 절대 들키고 싶지 않았을 텐데. 절대 보여 주고 싶지 않았을 텐데. 그런 생각에 휩싸여 있는데, 불현듯 소매 단을 걷어 달라는 누리의 부탁이 저에 대한 누리의 마음일 거란 생각이 들었다. 감추고 싶은 것을 드러내 보여 줘도 되겠단 누리의 마음. 믿고 안심할 수 있겠단 누리의 애틋한 마음.

방 안이 후덥지근했다. 의자에서 일어난 재인이가 창문을 활짝 열어젖혔다. 열린 창문으로 바람 한 뭉텅이가 밀려 들어오자 커튼 자락이 팔랑, 흔들거렸다. 바람은 재인이에게로까지 달려들어 재인이를 건드렸다. 재인이가 본능적으로 제 이마를 손바닥으로 가렸다. 재인이는 그런 모습으로 한참을 창문 곁에 서 있었다.

무언가 결심한 듯 재인이가 다시 책상 의자에 앉았다. 곧 핸드폰을 집어 들더니 카메라를 실행시켰다. 재인이는 제 얼굴을 마구 찍어 댔다. 카메라 셔터가 돌아가는 그 짧은 순간, 바람이 재인이의 머리카락을 제멋대로 흩트려 놓았다. 정말 오래간만에 재인이 이마 위로 맞바람이 지나가고 있었다.

그래, 이렇게 비밀을 나눠 갖는 거야. 그래야 진짜 친구가 되는 거라고. 속으로 말을 곱씹으며 재인이는 망설임 없이 전송 버튼을 눌렀다. 벽에 부딪힌 바람은 재인이 방을 하릴없이 돌아다니다 창문으로 다시 빠져나갔다. 재인이 얼굴에 바람 같은 미소가 깃들었다. 재인이는 그날 하루 중 가장 환한 표정을 짓고 있었다.

그로부터 며칠 뒤였다. 3교시 쉬는 시간인데 별안간 교실이 소란스러워졌다.

"야, 오늘 세미 헤어쇼 열리는 날인 거 알지? 오늘은 이 원장님이 특별히 샤기컷을 준비해 왔으니, 절대 기회 놓치지 말고……."

세미가 가위를 찰칵거리며 교실 앞에 서 있었다. 세미는 자칭 헤어디자이너였다. 초등학교 6학년 겨울 방학 땐 동네 미용실에서 몇 주 동안 실습도 했다고 너스레를 떨었다. 사실, 세미가 미용에 영 젬병인 건 아니었다. 아이들 머리를 곧잘 매만져 유행하는 헤어스타일을 뚝딱 만들어 내곤 했다. 이제 아이들은 세미가 가위를 찰칵거리면 세미 뒤로 줄을 서기까지 했다.

“한 줄로 쭈우욱, 쭈우욱.”

세미가 가위 든 손을 앞으로 뻗어 나란히 했다. 후다닥, 몇몇 아이들이 책상 의자를 젖히고 줄을 섰다. 어깨를 떠밀며 앞에 서려고 요란 떠는 아이들까지 있었다. 교실이 마치 시장 바닥 같았다.

제자리에 앉아 이 소란을 지켜보고 있던 재인이는 저도 몰래 왼손을 이마에 붙였다. 눈썹 아래까지 기른 앞머리가 본드를 붙인 것처럼 재인이 이마에 찰싹 달라붙었다. 교과서를 뒤적이는 재인이의 오른손만 다소 무료해 보였다.

누리는 담임 선생님 호출로 교무실에 가고 없었다. 재인이는 복도에라도 나가 있을까 싶었다. 누리를 기다렸다가 같이 들어올 때쯤이면 이 시끌벅적함이 어느 정도 정리되어 있지 않을까, 싶었다.

재인이가 그런 생각을 하며 교실 앞문을 힐끗거리고 있을 때였다. 은아가 득달같이 재인이에게로 달려와 팔목을 잡아챘다. 재인이는 얼떨결에 끌려 일어서고 말았다.

은아는 코맹맹이 소리를 내며 앞에 있는 아이들을 향해 한 팔을 펼쳐 보였다. 장내에 계신 여러분, 어쩌고저쩌고. 아나운서 흉내를 내고 있는 은아는 제 흥에 한껏 도취되어 있었다.

“이게 뭡니까? 치렁치렁 커튼도 아니고. 이번 세미 원장님 헤어쇼 모델은 우리 반 귀염둥이 김재인 양이 당첨되었습니다."

"나는 필요 없……."

재인이 목소리 따윈 귀에 들어오지도 않는지 은아가 주춤거리며 서 있는 재인이 팔을 더 세게 끄집어 당겼다. 은아는 줄 서 있는 아이들을 제쳐 내고 아예 세미 앞까지 재인이를 끌고 갔다.

"어머머, 놀라워라! 지금 같은 패숑 시대에 이런 헤어라니? 용서가 안 됩니다, 용서가."

이번엔 세미가 코맹맹이 소리로 설레발을 떨었다. 금방이라도 앞머리를 싹둑 잘라 버릴 것처럼 세미가 가위를 짤깍거리며 재인이 앞으로 한 걸음 다가왔다. 은아와 세미의 호들갑에 앉아 있는 아이들까지 전부 세미와 은아, 재인이를 바라보았다. 재인이는 올가미에 걸린 기분이었다. 누가 제 가슴이라도 누르고 있는 것처럼 압박이 느껴졌다. 이마 위로 식은땀이 비질비질 새어 나왔다.

"뭐야? 세미 원장님 가위 소리가 저 밖에까지 들리던데."

누리가 등장한 건, 마침 그때였다. 쿵쾅거리던 재인이 심장 소리는 당장에 잦아들었다. 정말 좋았다. 이제 누리가 왔으니, 누리는 다 알고 있으니 어떻게든 이 상황을 정리해 주리라 여겼다. 재인이가 손톱을 물어뜯었다. 손톱 자리가 따끔거려 눈물이 나오려 했다. 누리를 바라보는 재인이의 눈언저리가 붉어지고 있었다.

"세미야, 여기까지만이다. 알겠지? 재인이 앞머리 길이는 딱 이 정도가 적당해."

그런데 가까이 다가온 누리가 다짜고짜 재인이 앞머리에 손을 갖다 댔다. 그러고는 믿을 수 없는 말을 해 댔다. 자르라고? 너 지금 내 앞머리를 자르라고 말하고 있는 거니? 누리는 재인이 마음 따윈 상관없다는 듯 재게 손을 놀렸다. 누리 손짓에 재인이 앞머리가 살짝살짝 흐트러졌다. 희끗희끗 재인이 이마가 드러나 보였다. 덜컥, 재인이 심장이 흔들거렸다.

"뭐야, 뭐야?"

이번엔 누리가 아니었다. 세미 손이 갑자기 치고 들어오더니 방어할 새도 없이 재인이 앞머리를 확 들춰냈다. 쿵, 재인이 심장은 아예 바닥으로 곤두박질쳤다.

"뱀이잖아."

"완전 대박."

"징그러워."

"저러고 어떻게 다니냐?"

구경하는 무리 속에서 목소리가 터져 나왔다.

비아냥거림과 놀람이 번져 나가는 속도로 원인을 알 수

없는 통증이 재인이의 온몸을 훑었다. 뜯겨 나간 손톱 자리가 갑자기 욱신거렸다. 욱신거리다 못해 손가락이 떨어져 나갈 것처럼 아파 왔다. 그런데도 재인이는 계속 제 손톱만 물어뜯었다. 재인이는 차라리 울음이 터져 버렸으면 싶었다. 그러면 재인이 울음에 비아냥거리는 소리도, 호기심 어린 시선도 다 쓸려 내려갈 것 같았다. 마침내 물어뜯은 손톱 자리에서 빨간 피가 터져 나왔다. 재인이 손가락 끝에서 흘러나온 피 몇 방울이 바닥으로 뚝뚝 떨어졌다.

"나쁜 년."

재인이가 누리를 보며 쓰디쓴 한 마디를 뱉어 냈다.

피에 놀란 것인지, 아이들 반응에 놀란 것인지, 아니면 재인이의 말에 놀란 것인지 누리는 망연히 재인이를 바라보고 그냥 서 있었다.

재인이는 누리와 시선이 마주치자 잘근 제 아랫입술을 깨물었다. 재인이가 교실 앞문을 향해 뚜벅뚜벅 걸어 나갔다.

"재인아."

귀에 익은 목소리가 귓바퀴를 휘감고 들려왔지만 재인이는 걸음을 멈추지 않았다. 뒤돌아보지 않고 그냥 앞만 보고 걸었다. 손가락을 타고 흘러내린 핏방울만 재인이를 따라오고 있었다.

며칠 후, 담임 선생님은 성적 순으로 자리를 재배치했다.

중간고사 이후 뒤로 밀린 반 등수 때문이었다. 담임 선생님은 유치하게도 반 일등과 꼴등을 같이 앉히는 식으로 자리 배치를 했다. 재인이는 1분단, 앞에서 세 번째 줄로 자리를 옮겼다. 그 자리에 앉아 있던 기석이란 남자아이는 옆 분단 맨 앞으로 자리를 옮겼다. 누리는 재인이 옆에서 뒤로 세 번째 줄, 햇빛이 쏟아지는 창가 자리 맨 끝에 앉았다. 자를 대고 그은 듯 세 사람이 사선 방향으로 앉게 되었다. 보자고만 하면 서로를 쉽게 볼 수 있는 위치였다.

누리와 떨어져 앉게 되어 재인이는 오히려 다행이다 싶었다. 흐트러진 심정을 정리하듯 모든 것을 하나하나 정리하자 싶었다. 자리를 잡고 앉은 재인이는 책상 서랍부터 정리해 나갔다. 지저분한 종이가 한가득인 서랍을 뒤적거려 쓰레기를 긁어모았다. 뒤틀려 있는 심정을 구겨 버리기라도 할 것처럼 재인이가 그것들을 움켜쥐었다. 아직도 누리 때문에 사나워진 마음은 진정될 줄 몰랐다.

그런데 종이 뭉치를 들고 막 일어서려는 때였다. 재인이 눈에 네모반듯하게 접혀 서랍 바닥에 누워 있는 종이 한 장이 들어왔다. 야무지게 접혀 있던 탓에 미처 발견되지 못한 거였다. 정갈하게 접혀 있는 종이가 호기심을 불러일으켰다. 은밀하고 중요한 내용을 숨기고 있진 않을까? 재인이는 다시 의자에 앉아 여러 번 접혀 있는 종이를 가만히 펼쳤다.

내 마음 알지? 너만 보면 가슴이 두근거려.

신문이나 잡지에 인쇄된 글자를 오려서 만든 편지는 딱 '초딩' 수준이었다. 흥, 재인이 콧방울이 움직거리며 바람이 새어 나왔다. 재인이에겐 아무 의미도 없는 편지였다. 그냥 던져 버려도 될 허접스러운……. 재인이는 다른 종이와 한데 뭉쳐 그것을 손에 쥐었다. 그러다 문득, 기석이를 바라보았다. 여기가 원래 기석이 자리였기 때문이다. 그런데 우연이었을까? 기석이도 마침 뒤를 돌아보고 있었다.

재인이와 기석이 시선이 공중에서 부딪혔다. 재인이는 얼굴을 붉혔다. 기석이가 재인이에게 애매모호한 미소를 지어 보이고 있었다. 기석이의 미소는 마치 살며시 피어나고 있는 아지랑이 같았다. 재인이가 당장 고개를 떨어뜨렸다. 그럴 리가 없어! 그런데 저 미소는 뭐야? 그리고 이 쪽지는? 의문과 확신은 수도 없이 자리를 바꿔 가며 순간적으로 재인이를 흔들어 댔다. 재인이는 머릿골이 아팠다. 생각들이 오락가락 뒤엉켜 혼란스럽고 당황스러웠다. 그날 내내 재인이는 몇 번이나 기석이를 훔쳐보았다. 재인이 저도 모르게 하는 행동이었는데, 그때마다 번번이 기석이와 눈이 마주쳤다.

그렇게 부담스럽기도 하고 설레기도 한 나날들이 휙휙,

지나갔다. 기석이는 수업 시간 중에도 몇 번, 선생님 몰래 뒤돌아 재인이를 힐끗거리곤 했다. 하고 싶은 말을 잔뜩 담고 있는 기석이의 시선과 부딪힐 때마다, 그런 식으로 기석이와 눈이 마주치는 횟수가 늘어날 때마다 재인이를 흔들던 의문은 서서히 확신으로 굳어 가기 시작했다.

"재인아."

그러던 어느 날이었다. 급식실로 가고 있는데 누리가 재인이를 불렀다. 이젠 누리 옆엔 재인이 대신 은아가 서 있었다. 재인이는 갑자기 옆구리가 허전했다. 차가운 바람이 재인이 옆구리를 마구 찔러 대는 것 같았다. 재인이는 멈춰 서는 척하다가 그냥 계속 걸었다. 잊으려고 했던, 그러나 결코 잊혀지지 않는 그날 일이 불쑥 솟아올랐다. 재인이는 어금니를 꽉 깨물고 그냥 걸었다. 어떤 방법으로든 한껏 무시해 주고 싶었다.

재인이가 누리에게 등을 보인 채로 한참 걸어가고 있을 때였다.

"재, 왜 저러냐? 또라이 아냐?"

등 뒤로 은아의 비아냥거림이 들렸다.

"그런 말이 어딨어?"

이번엔 누리 목소리가 들려왔다. 은아를 나무라는 말투였다. 두둔해 주는 척, 변호해 주는 척, 부드러운 누리 말투가 재인이 귀를 휘감으며 들려왔다. 다시 생각하고 싶지 않은 그날 일이 스쳐 지나갔다. 재인이는 이내 속이 느글거렸다. 누리는 항상 저런 식이었다. 친절한 척, 배려해 주는 척 가짜 행동으로 상대방을 수렁에 빠뜨렸다. 이젠 오히려 싫으니 좋으니 노골적으로 저를 드러내는 은아가 훨씬 더 인간적으로 느껴졌다.

그래, 처음부터 나를 가지고 놀 생각이었겠지? 내게 네 비밀을 살짝 보여 주고 나를 가지고 장난치고 싶었겠지? 다른 아이들과 한통속으로 나를 가지고 놀 생각만 하고 있었던 거지. 하지만 두고 봐, 나도 당하고만……. 재인이는 마음을 다잡으려는 듯 등을 곧추세워 다시 걸었다.

"재인아!"

누리가 다시 재인이를 불렀다. 재인이 귀로 누리 목소리와 아이들 목소리가 겹쳐 들려왔다. 그날 이후 짓궂은 남자 아이들은 재인이더러 뱀 대가리라고 대놓고 놀려 대고 있었다. 뱀 대가리, 뱀 대가리. 덩어리로 뭉쳐진 소리들이 이젠 재인이 등에 엉겨 붙어 있었다. 서둘러 걷는 재인이 눈가가 푸르르 떨렸다.

"완전 싸대네. 네가 너무 잘해 주니……."

"제발 그런 식으로 말하지 마."

재인이 등 뒤로 듣기 싫은 소리들이 몇 마디 더 오갔다. 뱀 대가리. 뱀 대가리. 누리와 은아와 멀어질수록 이명은 점점 더 커지고 있었다. 누리는 멀어져 가는 재인이 등을 쳐다보며 한참 동안 멍하니 서 있었다.

그다음 날이었다. 툭, 재인이 발치에 둔탁한 무언가가 떨어졌다. 누가 일부러 던진 것 같았다. 재인이는 고개를 들어 주위를 살폈다. 어느새 누리가 재인이 옆에 와 있었다.

"미안."

누리가 말했다.

재인이는 불쾌했다. 어쩜 이리도 천연덕스러울까? 꽃처럼 환하게 웃고 있는 누리를 보자 화가 뻗쳐 올라왔다. 그래, 아직도 장난감이 필요한 거니? 웬만큼 가지고 놀았으니 버릴 때도 됐잖아. 재인이는 누리를 외면하고 잘근잘근 손톱 자리를 씹었다. 하나도 아프지 않았다. 더 아플 곳도, 아플 이유도 이젠 없었다.

그 뒤로도 몇 번 더 이런 일이 있었다. 볼펜이기도 했고 지우개 같은 작은 물건이기도 했다. 다 누리 물건들이었다. 대놓고 저를 얕보는 누리 때문에 이제 기석이 따윈 눈에 들어오지도 않았다. 온 신경이 고슴도치 가시처럼 곤두서서 재인이 심정은 시시각각 독을 뿜어 댔다. 그래, 해보자는 거지? 내가 어디까지 추락하는지 끝내 보고 싶다는 거지? 재인이 마음이 땅을 다지듯 점점 굳어져 갔다.

며칠 후, 체육 실기 평가가 있는 날이었다. 실기는 체육 성적의 70퍼센트를 차지했다. 복장에서부터 그동안 연습한 뜀틀 동작까지, 그 모든 것이 완벽해야 좋은 점수를 얻을 수 있었다. 체육복으로 갈아입은 아이들이 왁자지껄 떠들며 복도로 나갔다.

"잠깐, 기석아."

누리가 교실 문 앞에서 기석이를 불렀다. 재인이는 사물함에서 운동화를 챙기는 중이었다.

"바지……, 뜯어졌어."

누리 목소리가 들릴락 말락 아주 낮았다. 기석이가 얼른 오른손으로 제 체육복 바지 뒤를 더듬었다.

"어, 정말이네."

재인이는 저도 몰래 누리 표정을 훔쳐보았다. 누리 볼이 색칠이라도 한 듯 붉었다. 게다가 누리는 기석이와 눈도 제대로 마주치지 못하고 있었다. 재인이가 알고 있는 평상시 누리 모습이 아니었다.

"이렇게 나가면 복장 위반으로 걸릴 거야. 애들한테 웃음거리가 될 테고."

누리는 꿰매 줄 테니 얼른 옷을 갈아입으라고 기석이를 재촉했다. 기석이는 잠시 머뭇거리더니 화장실에 가서 옷을 갈아입고 왔다. 당연했다. 복장 문제로 감점당할 이유가 없으니까.

재인이는 누리가 기석이 바지를 꿰매고 있는 사이, 제가 있었다는 걸 알리기라도 하는 것처럼, 일부러 딱 소리가 나게 사물함을 닫았다. 사물함 주위에 어색하게 서 있던 기석이가 퍼뜩 놀라며 재인이를 바라보았다. 잠깐 기석이 얼굴 위로 곤혹스러움이 스치고 지나갔다. 바지 꿰매기에 여념 없는 누리와 사물함 근처에 어정쩡 서 있는 기석이를 등지고 걸어 나가는 재인이 얼굴 위론 잔잔한 미소가 번지고 있었다. 피식, 재인이가 입술 끝을 끌어 올리며 의미심장한 웃음을 뱉어 냈다.

다음 날이었다. 기석이가 책상 서랍에서 접힌 종이를 꺼내 들었다. 재인이는 아까부터 기석이 행동을 훔쳐보고 있었다. 종이를 펴 본 기석이는 제 오른쪽 볼을 손가락으로 톡톡, 건드려 댔다. 기석이 시선은 종이에 붙박여 움직일 줄 몰랐고, 재인이 시선은 기석이에 붙박여 움직일 줄 몰랐다.

그때였다.

"뭐냐?"

기석이 짝꿍이 고개를 들이밀었다. 기석이는 당장 종이를 구겼다. 하지만 기석이 짝꿍은 가만있질 않았다. 기석이에게 덤벼들어 종이를 빼앗으려 했다.

"이러지 마, 아무것도 아니라니까."

기겁을 하며 기석이는 손을 뒤로 뺐다. 하지만 기석이 짝꿍이 하도 겁 없이 달려드는 바람에 기어이 기석이는 종이를 빼앗기고 말았다. 종이는 절반 가까이 뜯긴 상태로 기석이 짝꿍에게 넘어가고 말았다.

“뭐야, 글자를 오려 붙였잖아.”

기석이 짝꿍 목소리가 재인이 자리까지 들려왔다.

재인이는 탁 소리가 나게 공책을 내려놓았다. 그 바람에 책상 위에 있던 볼펜이 도르르 굴러 책상 밖으로 떨어졌다.

기석이 짝꿍이 들고 있는 쪽지엔 ‘……를 지켜보고 있어.’라는 글씨가 붙어 있었다. 기석이 짝꿍은 실망한 듯 입술을 비죽거렸다.

“초딩이냐? 유치하게 미션 게임이라도 하는 모양이지?”

재인이에게 다시 기석이 짝꿍 목소리가 들려왔다.

“그래, 너 같은 녀석은 아무리 봐도 모르는 고난도 게임이다. 고난도의 두뇌 게임.”

기석이가 짝꿍의 어깨를 툭 밀쳐 냈다. 그러고는 짝꿍이 방심하고 있는 사이 재빨리 종이를 빼앗았다. 숨죽인 채 둘을 지켜보고 있던 재인이는 그제야 숨을 후 몰아쉬었다. 바닥에 떨어졌던 볼펜도 집어 들었다. 콩닥콩닥, 심장 소리를 따라 잠시 파리해져 있던 재인이 낯빛이 점점 제 색을 되찾았다.

오늘 점심시간에 축구하는 모습, 진짜 멋있더라. 네가 제일 빛났어.

다음 날도 정성스레 오려 붙여 만든 편지가 기석이에게 전달되었다. 기석이는 편지를 읽자마자 주머니에 꼬불쳐 넣고 뒤를 돌아보았다. 기석이와 눈이 마주치자 재인이는 기다리고 있었다는 듯 기석이를 향해 활짝 웃어 보였다. 기석이도 따라 웃는 듯했다.

재인이가 머리카락을 매만졌다. 이번엔 다시 오른손을 들어 손가락을 까닥거렸다. 비밀 신호라도 주고받는 것처럼 재인이 손가락은 현란했다. 사실 누리는 오전부터 내내 그런 재인이와 기석이를 지켜보고 있었다. 요 며칠 계속, 재인이 행동이 눈에 밟혔기 때문이다. 두 사람을 지켜보고 있는 누리 얼굴은 먹구름 같았다. 무슨 일이 있었던 거야? 재인이가 기석이한테 왜 저러는 거지? 살짝만 건드려도 가라앉을 것처럼 누리 표정은 무겁디무거웠다. 제 심정을 누구에게도 들키고 싶지 않은 누리가 딱딱한 제 표정을 손바닥으로 감싸 쥐었다. 가닥이 잡히지 않는 생각들이 누리 머릿속을 헤집고 다녔다. 손가락 사이로 어두운 누리 표정이 삐져나올 듯했다.

그날 하교 시간이었다. 책가방을 싸고 있는 기석이에게

누리가 다가갔다.

"기석아."

누리가 기석이를 불렀다. 종례가 끝난 교실은 어수선했고 앞뒤 출입문은 혼잡했다. 기석이가 앉은 채로 뒤를 돌아 누리를 올려다보았다.

"시간 좀 내줄 수 있어?"

누리 눈빛이 간절했다. 기석이는 책상 위에 있는 것들을 대충 쓸어 모아 책가방에 밀어 넣었다. 그러고는 대답 없이 자리에서 일어났다. 기석이는 서두르고 있었다. 누리도 연신 주위를 살폈다. 기석이와 눈이 마주치자 누리는 저 먼저 뒤돌아 걷기 시작했다. 여전히 주위를 의식하고 있는 누리의 발걸음은 다급하고 조심스러웠다. 그런 누리 뒤를 몇 걸음 떨어져 기석이가 따라갔다.

"잠깐만."

누리가 복도로 막 나섰을 때였다. 귀에 익은 목소리가 누리와 기석이 사이로 튀어 들어왔다. 누리는 뒤를 돌아다보았다. 재인이였다. 누리는 자기도 몰래 우뚝 걸음을 멈추고 말았다. 재인이는 벌써 기석이 코앞까지 다가와 있었다. 오늘 재인이는 특별히 신경 쓴 티가 역력했다. 빨간 입술과 하얀 피부, 앞뒤로 찰랑찰랑한 머리카락까지. 앞머리가 여전히 재인이 얼굴을 절반 가까이 가리고 있었지만, 귀밑머리 근처에 꽂힌 꽃핀 때문에 재인이 얼굴은 화사했다. 그대로 한 송이 꽃 같아 보였다. 그런 재인이를 기석이가 마주 보며 환하게 웃고 있었다.

재인이가 기석이를 향해 한 걸음 더 가까이 다가서자 누리는 도망치듯 복도 끝을 향해 걸어갔다. 누리는 재인이가 저를 보면 어쩌나, 싶었다. 요 며칠 사이 머릿속을 떠나지 않던 걱정이 발걸음을 더욱 채찍질하고 있었다. 누리의 발걸음이 빨라지는 속도로 누리 심장이 요동을 쳐 댔다.

"기석아, 너, 기타 좋아해? 이번 일요일에 대학 다니는 우리 사촌 오빠가 기타 공연을 하거든. 같이 가지 않을래?"

뛰듯 걸어가고 있는 누리 귓속으로 통통 튀는 재인이 목소리가 꽂혔다. 불길함과 불안함이 동시에 누리 가슴을 덮쳐 왔다.

그날 밤이었다. 마지막 수학 문제까지 다 푼 재인이가 소리 나게 책을 덮었다. 재인이가 스탠드 조명을 푸른빛으로 바꿨다. 딸깍 소리와 함께 푸르스름한 불빛이 으스름 달빛처럼 고요히 책상 주위를 비추기 시작했다. 푸른빛 속으로 갑자기 누리 얼굴이 떠올랐다. 똥 씹은 표정을 하고 있던 누리. 재인이는 제 앞머리를 확 열어젖혔다. 이마 위 흉터를 매만지는 재인이 손끝이 미세하게 떨렸다. 재인이가 푸른

빛을 뿜어 대고 있는 스탠드 백열등에 시선을 고정시키자, 3년 전 기억이 푸른빛을 따라 스멀스멀 기어 나왔다.

초등학교 4학년이 되고 얼마 지나지 않았을 때였다. 재인이네 집 근처에 있는 산은 야트막해도 경사가 심했다. 아빠의 제안으로 야간 산행을 간 그날, 엄마 아빠는 숨을 허덕거리기 바빴다. 재인이만 힘이 남아도는 듯했다.

산꼭대기에 오르자마자 엄마 아빠는 평상에 대자로 누웠고, 재인이는 철봉을 타기 시작했다. 엄마 아빠는 둘 다 지쳐 있어서 재인이를 살필 여력이 없었다. 재인이는 낮은 철봉부터 차례로 올랐다. 나중엔 아예 땅에 내려오지 않고 철봉과 철봉 사이를 옮겨 다녔다. 제일 높은 철봉만 남겨 놓았을 때였다. 재인아, 조심해라. 알았어, 엄마. 엄마가 막힌 숨을 토해 내며 한 마디 하자 재인이가 냉큼 대답했다. 엄마의 목소리를 귓등으로 넘기며 재인이는 남아 있는 철봉에 오를 생각만 했다. 재인이가 철봉 쥐고 있던 손을 움직거렸다. 땀 때문에 손바닥이 미끌거렸다. 손바닥과 철봉이 밀착되지 않아 다소 불안했지만 재인이 눈은 바로 옆 철봉만 뚫어져라 바라보고 있었다. 오른손을 놓고 팔을 뻗었다. 몸을 의지하고 있는 왼손에 더 꽉 힘을 줬다.

그런데 왼손을 놓은 순간 손이 심하게 미끌린다 싶었는데, 갑자기 쿵 소리와 함께 딱딱한 것이 재인이 온몸으로 몰아쳐 왔다. 아빠가 벌떡 일어나고, 엄마가 주저앉아 소리를 질렀다. 재인이 몸이 빠르게 붕 떠서 어딘가로 실려 갔다. 이 모든 일들이 거의 동시에 일어났다. 재인이는 그제야 소리를 질렀다. 연이어 터져 나오는 재인이 비명이 온 산을 흔들어 댔다. 그렇게 몇 번 소리를 지르다 말고 재인이는 눈을 감았다. 앞이 가물가물해지면서 몸이 심하게 흔들거려 도저히 눈을 뜨고 있을 수 없었다. 산이 출렁거리고 길이 붕 떠오르고. 재인이는 그렇게 정신 줄을 놓아 버렸다.

재인이가 놓친 철봉은 어른 키보다도 훨씬 높았다. 게다가 재인이가 떨어진 자리에는 재인이 주먹만 한 돌멩이가 박혀 있었다.

눈을 떴을 때 재인이는 병원 침대에 누워 있었다. 바늘을 쥔 의사 선생님은 흰 가운도 입지 않은 채 재인이를 내려다보고 있었다. 이상하게 아프진 않았다. 재인이는 제 이마 위로 왔다 갔다 하는 바늘만 바라보았다. 아픔보다 바늘에 대한 공포심 때문에 자꾸만 눈물이 나오려 했다. 괜찮아. 괜찮아질 거야. 철봉에서 떨어질 때, 그때에 비하면 아무것도 아니잖아. 아무렇지 않을 거야. 눈물을 참으려고 용을 쓰는 재인이 손을 엄마가 꼭 움켜쥐고 있었다. 엄마 눈엔 벌써 눈물이 흥건했다.

그런데 전혀 괜찮지 않았다. 절대 아무렇지 않은 게 아니었다. 흉터는 너무 흉측하고 소름 끼쳤다. 재인이는 거울을 들여다볼 때마다 두들겨 깨 버리고 싶은 심정을 느끼곤 했다. 정말 끔찍한 흉터였다.

그 뒤로 재인이는 절대 이마를 드러내지 않았다. 말수도 줄어들었다. 뿐만 아니라 행여 누가 제 이마를 보자고 할까 봐 늘 전전긍긍이었다. 바람 한 방이면 끝장이야. 재인이는 이런 생각 때문에 집 밖으로 나가 놀지도 않았다. 그렇게 재인이는 누구와도 쉽게 친해질 수 없는 아이가 되어 버렸다. 성형 수술을 하면 괜찮아질 거라고 엄마가 만날 위로했지만, 흉터가 워낙 큰 데다 제 피부가 상처가 잘 아물지 않는 켈로이드성이라는 것을 재인이는 그 누구보다 잘 알고 있었다. 재인이는 한동안 커다란 뱀이 제 얼굴을 타고 기어올라 목까지 칭칭 감아 대는 꿈을 연거푸 꾸곤 했다.

띠링, 띠링.

자동 필름처럼 이어지는 생각을 끊은 건 핸드폰 벨소리였다. 벨소리가 무겁게 가라앉아 있는 방 분위기를 흔들어 깨웠다. 재인이는 의자에서 일어나 침대 위에 던져 둔 핸드폰을 들었다.

"재인아."

사촌 오빠였다.

"웬일이야, 이렇게 늦은 시간에?"

"응. 이모한테 전화했더니 너한테 직접 말하라고 하네."

밖인지 주위가 소란스러웠다. 오빠는 소란스러움을 이기려고 목소리를 한껏 높이고 있었다.

"이번 일요일에 우리 학교에 온다고 했다며?"

"응."

불길했다. 엄마에게 흘려들은 이야기를 확인도 않고 기석이와 약속을 잡았기 때문이다. 사실, 누리와의 일만 아니었다면 일부러 갈 필요 없는 공연이었다.

"취소됐어, 우리 공연. 준비가 부족해서 말이야. 네가 이 오빠의 연주를 듣고 싶은 갸륵한 마음은 이해한다만, 다음 기회에……."

오빠의 그다음 말부터는 귀에 들어오지 않았다. 낭패였다. 기석이와 별일 없이 만나 길고 긴 시간을 어떻게 함께 보낸단 말인가? 실은 하고 싶은 이야기도, 할 이야기도 없는 사이 아닌가? 게다가 기석이의 일방적인 감정이 더 커져 버리기라도 한다면 낭패도 그런 낭패가 없을 터였다.

남의 마음을 함부로 가지고 논 누리. 그런 누리에게 너도 한번 당해 보란 심정으로 생각 없이 벌인 일인데. 대책 없이 일만 커져 버리겠다는 낭패감이 밀려왔다. 낭패감은 더욱 곤혹스럽게 예상치 못한 자각까지 불러일으켰다. 퍼뜩,

재인이 저도 기석이를 가지고 놀고 있단 생각이 들었다. 사실 재인이도 누리 때문에 기석이 마음을 이용하고 있는 거나 마찬가지였다. 곤혹스러움과 낭패감이 한 덩어리로 뭉쳐 재인이 가슴이 덜컥거렸다. 꺼림칙했다. 얼핏, 기석이 얼굴이 스쳐 지나가며 기석이에게 미안하단 생각이 처음으로 들었다.

한참을 망설이던 재인이가 책상 서랍에서 편지지 한 장을 꺼냈다. 책꽂이에 꽂혀 있는 잡지도 한 권 꺼냈다. 기석이에게 네 번째 편지를 보낼 작정이었다. 재인이는 한 자 한 자 필요한 글자를 잡지에서 꼼꼼히 찾아냈다.

다음 날이었다. 학교에서 한 구역 떨어진 공원은 학원가와 떨어져 있어 학교가 끝난 시간인데도 한산했다. 기석이가 공원 벤치에 앉아 있었다. 재인이는 기석이를 보자 가슴이 떨렸다. 그 떨림은 초조함과 두려움이 절반씩 뒤섞인 감정이었다. 어떻게 말해야 하지? 어디서부터 말해야 하는 걸까? 나에 대한 마음을 쉽게 접지 못하고 더 들이대기라도 하면 어떡하지? 두려움과 초조함 사이로 아득함까지 밀려들어와 재인이는 혼란스러웠다. 채 정리되지 않는 생각들을 머릿속에 구겨 넣으며 재인이는 천천히 걸음을 옮겼다.

"어, 네가 여기 웬일이야?"

재인이가 그렇게 주저주저하며 기석이 앞까지 왔을 때였

다. 발소리에 고개를 든 기석이가 재인이를 보더니 대뜸 물었다.

"어?"

재인이는 되묻고 말았다. 당황해서 자기도 몰래 나온 얼토당토않은 반응이었다.

"누리가 너보고도 나오래?"

"어?"

재인이가 다시 물었다.

무슨 영문인지 모르겠다는 듯 기석이가 고개를 갸우뚱거렸다.

"……, 그럼 네 편지였어? 네가 나한테 이리 오라고 한 거야?"

재인이는 당황스러웠다. 동시에 창피함이 물벼락처럼 재인이를 덮쳤다.

"……갈게."

재인이가 다급히 돌아섰다. 이 방법밖엔 없었다. 도망치는 방법밖엔……. 부끄러움 때문에 재인이 몸은 불덩어리처럼 뜨거웠다. 제 몸이 용광로라도 되어 버린 기분이었다.

"잠깐만. 이야기 좀 하자."

기석이가 벤치에서 벌떡 일어서더니 재인이 손목을 잡아챘다. 무슨 이야기를 하자는 거야? 혼자 착각에 빠져 있었다고 실토라도 하란 말이야? 재인이는 기석이 손을 뿌리치려 했다. 하지만 재인이에겐 당장 그럴 힘이 하나도 남아 있질 않았다. 재인이는 기석이가 이끄는 대로 벤치에 털썩 앉고 말았다.

기석이가 제 볼을 손가락으로 톡톡, 두드렸다. 생각할 게 있을 때마다 나오는 기석이 버릇이다. 기석이가 재인이 쪽으로 몸을 비틀며 손가락매듭을 우두둑 꺾었다. 입술 끝을 깨물어 대기도 했다. 기석이는 재인이에게 하고 싶은 말이, 꼭 해야 할 말이 있었다. 그렇게 한참을 망설이던 기석이가 마침내 입을 열었다.

"난 누리가 보낸 편지인 줄 알았어. 우린 쭉 이런 식으로……. 네가 나한테 편지를 썼으리라고는……. 에이, 참, 무슨 말을 어떻게 해야 할지 모르겠다."

기석이가 제 머리통을 긁적여 댔다. 난처하기도 하고 황당하기도 한 모양이었다. 하지만 더 난처하고 황당한 사람은 재인이였다. 기석이 앞에서 알몸을 보이는 기분이었다.

재인이가 벤치에서 일어섰다. 기석이는 그런 재인이의 옷자락을 꽉 움켜쥐고 놓지 않았다.

"누리 만나고 가. 금방 올 거야."

기석이가 말했다. 여전히 재인이의 옷자락을 놓지 않은 채였다.

재인이는 깜짝 놀랐다. 누리가 온다고? 여기에? 그럼 내 꼴은, 내 꼴은 뭐가 되니? 한번 흐트러지기 시작한 상황이 점점 꼬이고 더 복잡해져 가고 있었다. 재인이는 기석이 손을 황급히 뿌리쳤다.

"누리가 보낸 편지인 줄 알고 누리한테 내가 약속 시간을 좀 늦추자고 했어. 체육 쌤이 종례 끝나고 잠깐 오라고 해서 말이야. 그런데 쌤이 약속을 취소하는 바람에 그냥 온 거야. 4시 반에 보자고 했으니까 아마 지금쯤 거의 다 왔을걸."

재인이가 손목시계를 내려다보았다. 4시 23분이었다. 재인이 머릿속이 갑자기 하얘졌다. 재인이는 서두르기 시작했다. 더 이상 여기 머물러 있어선 안 된다는 생각이 재인이를 재촉했다. 재인이는 공원 밖을 향해 빠르게 걸었다. 마음 같아선 한달음에 달려 나가고 싶었지만, 우스꽝스러워 보일 것 같아 한껏 속도를 조절해 가며 뛰듯이 걸었다. 재인이 콧등으로 점점이 땀방울이 맺히기 시작했다.

재인이가 공원 출입구를 막 벗어나고 있을 때였다. 등 뒤로 기석이 목소리가 들려왔다.

"재인아, 그러지 말고 누리랑 이야기 좀 해 봐. 누리가 너 때문에……."

너 때문에, 너 때문에. 공원을 벗어났는데도 기석이 목소리는 계속 재인이 주위를 맴돌았다. 사방에서 터져 나오는 경적 소리도 기석이 목소리를 누르지 못했다. 너 때문에, 너 때문에. 녹음기처럼 반복되는 기석이 목소리를 따라 누리 얼굴도 떠올랐다. 흥! 누리는 재인이를 한껏 비웃고 있었다. 횡단보도를 벗어나 골목으로 접어들자 그제야 긴장이 풀리면서 갑자기 몸이 처져 내렸다.

그날 밤이었다. 저녁도 거른 채 재인이는 침대에 누웠다. 잠을 청하긴 이른 시간이었지만 잠이라도 자야 했다. 재인이는 눈을 꽉 감았다.

띠링. 그때 베개 밑에 넣어 둔 핸드폰이 울렸다.

'네 집 앞이야.'

누리가 보낸 문자였다. 가슴이 덜컥 내려앉았다. 기석이가 누리한테 뭐라고 한 게 분명했다. 둘이 히득거리면서 날 실컷 흉봤겠지? 재인이는 핸드폰 메시지 창을 다시 한 번 띄웠다. 화면엔 글자 대신 누리 얼굴만 가득했다.

띠링, 띠링. 다시 핸드폰이 울렸다.

'이야기 좀 해. 응!!'

이번에도 누리였다. '응!!'이란 글자가 어쩐지 간절해 보였다. 하지만 금세 또 속이 뒤틀렸다. 매번 이런 식이었다. 매번 이런 식! 그렇더라도 지금 같은 상황에 입을 다물고 있으면 재인이 저만 손해일 거란 생각이 들었다. 입을 닫고 있으면 누리는 앞으로도 계속 저를 가지고 놀 것이다. 누리라면 분명, 내 흉터를 가지고 지난번처럼……. 어쩜 누리가 앞으로 더 저를 더 하찮게 여길 거란 생각을 하다 말고 재인이는 핸드폰을 던져 버렸다. 침대로 풀썩 떨어진 핸드폰이 저 혼자 계속 울어 댔다.

누리는 재인이 아파트 옆 놀이터에 와 있었다. 가로등 불빛이 텅 빈 놀이터를 채우고 있었다. 그네가 흔들거렸다. 누리는 재인이를 보자 그네에서 훌쩍 뛰어내렸다. 하지만 당장 재인이 가까이로 다가가진 않았다. 재인이가 누리를 향해 천천히 걸었다. 그제야 누리도 천천히 걸어가기 시작했다. 서로의 표정을 읽어 낼 수 있을 정도로 둘의 거리가 가까워졌다.

"왜……?"

"왜……?"

어색함을 깬 건 동시에 터져 나온 둘의 목소리였다. 누리와 재인이는 또 동시에 입을 다물었다. 어둠 같은 침묵이 길게 이어졌다. 침묵 때문이었을까? 재인이는 그만 흔들거리는 누리 눈빛을 보고 말았다. 가로등 불빛이 누리만 온전히 내리비춰 주는 것 같았다. 누리가 손을 들어 눈 안쪽을 지그시 눌렀다. 재인이는 갑자기 가슴이 울렁거렸다.

"왜 그랬어?"

마음을 다잡고 재인이가 먼저 입을 열었다. 누리가 이마를 찌푸린 채 재인이를 바라보았다. 무슨 말인지 잘 모르겠다는 표정이었다.

"내 앞머리, 아니 이 흉터 말이야. 일부러 애들 앞에서 날 골탕 먹인 거잖아?"

누리가 대차게 나왔더라면, 아니 기석이 문제를 먼저 걸고넘어졌더라면 재인이는 차마 묻지 못했을지도 모른다. 이렇게 묻고 있기보다는 '나쁜 년'이라는 말을 뱉었을지도 모른다. 그런데…….

재인이는 말간 물속에서 흔들거리던 누리 눈빛을 떨쳐 내려, 하고 싶은 말을 속으로 곱씹었다. 나쁜 년, 나쁜 년. 누리는 나쁜 년이었다.

"그것 때문이었어? 몰랐어. 그것 때문인지……."

누리가 힘없이 말했다. 하지만 누리 표정만은 한껏 밝아져 있었다. 어려운 수학 문제를 풀고 난 직후의 표정.

재인이가 그런 누리 표정을 보며 침을 꿀꺼덕 삼켰다.

"그랬구나. 난……. 애들이, 은아랑 걔네들이 네 앞머리를 보고 하도 쑥덕거리길래. 뭔가 있다고 수군덕거리길래. 내 딴엔 널 도와줘야 한다고 생각했어. 원래 애들은 감추려고 하면 악착같이 달려들잖아. 그래서 조금만 보여 주자 싶었어. 내가 아이들한테 내 흉터를 살짝만 보여 주는 것처럼.

그러면 금방 시들해질 거라……."

횡설수설 말하고 있는 누리 표정이 금방이라도 울 듯했다. 하지만 누리는 불퉁한 표정으로 저만 노려보는 재인이 눈치를 보느라 먹구름 같은 울음을 터뜨리지 못하고 애써 감추고만 있었다.

재인이 가슴까지 올라와 있던 피스톤이 푹 꺼져 내려갔다. 공기가 빠져나가자 재인이는 한결 속이 편안했다. 누리는 아직까지 고개를 떨어뜨리고 있었다.

"그래도 미안해. 하지만 나도 다 보여 준 건 네가 처음이야. 내 흉터 말이야."

숙인 고개 사이로 누리 목소리가 새어 나왔을 때였다.

재인이는 하마터면 하, 소리를 낼 뻔했다. 재인이는 소리를 감추느라 얼른 제 고개를 떨어뜨렸다. 숨 가쁘게 변하는 제 심정을 행여 누리가 눈치챌까 싶었다. 재인이는 고개를 숙인 채 숨을 고르고 또 골랐다. 그런데 호흡을 고르고 있는 사이 자신도 몰래 픽, 웃음이 새어 나왔다. 누리는 살며시 고개를 들어 그런 재인이를 훔쳐보았다. 갑자기 모든 것이 새털처럼 가벼워진 느낌. 새어 나오는 웃음을 집어넣느라 재인이 입술 근처가 어색하게 실룩거렸다.

"진짜 미안해. 하지만 사실 난 아무것도 아니라고 생각했어. 그까짓 것 보여 주면 뭐 어때, 하는 생각을 했어. 네 말을 듣고 보니 그런 내 생각이 문제였어. 넌 내가 아닌데, 내 생각과 네 생각이 같을 수 없는데."

다시 고개를 숙인 채로 누리가 말했다.

사실 재인이는 아까부터 내내 누리를 안아 주고 싶단 생각을 하고 있었다. 하지만 아직은 아니었다. 재인이에겐 아직 확인해야 할 사실이 하나 더 남아 있으니까. 재인이는 일부러 입술을 앙다물었다.

"그렇지만 넌 끝까지 날 가지고 놀았어. 물건을 던지고 일부러 내 어깨를 밀치기도 하고. 내가 얼마나 불쾌했는지 아니? 이것도 변명……?"

"아니야, 아니야. 절대 아니야."

이번엔 누리가 손사래까지 치며 재인이 말을 끊었다.

"아니긴. 처음엔 다이어리였고 다음엔 지우개였고 또 나중엔 볼펜까지 던졌잖아."

재인이 눈가에 살짝 이슬이 어리는 듯했다.

"그건……."

누리가 더듬거렸다. 재인이는 일부러 매섭게 누리를 쏘아보았다.

"그건……. 네가 갑자기 나한테 아무 말도 안 하니까. 밀어내기만 하니까. 다시 친하게 지내고 싶은데 네가 하도 무섭게 구니까……."

누리 대답 속엔 울먹임이 섞여 있었다. 재인이는 뒤통수를 한 대 얻어맞은 기분이었다. 맥이 풀려 당장 주저앉을 것만 같았다. 누리가 눈치챌 새라 재인이는 얼른 그네 기둥을 붙잡았다.

"그런데 재인아, 기석이 말인데……."

그때, 누리가 다시 입을 열었다. 부끄러운 듯, 주저하는 듯 누리 목소리는 매우 조심스러웠다.

이번에는 재인이가 손을 번쩍 들어 누리 말을 끊었다. 더 이상 길게 할 필요가 없는 이야기였다. 이젠 말할 때란 생각이 들었다. 재인이는 숨을 크게 한 번 내쉬었다.

"그건."

재인이는 사실 기석이 이야기 따윈 하고 싶지 않았다. 누리와 있었던 일도 되짚어 꺼내고 싶지 않았다. 그저 제 속을 채우고 있던 원망과 분노, 화 덩어리들이 어쩌면 이리도 쉽게 무너져 버리는지, 그것을 잠시 생각해 보고 싶었다. 또 웃음이 나오려 했다. 하지만 꾹 참았다. 신발 끝으로 땅바닥을 툭툭 차 대는 재인이는 애써 굳은 표정을 지어 보였다.

"내가 다 말할게."

재인이가 다시 입을 열었다.

"내가 왜 기석이를 좋아하겠어? 기석이도 나를 좋아하지 않는데. 내가 좋아하는 건……, 너야. 네가 너무 좋아서…….

아무튼 다 오해였단 말이야."

실꾸리 풀듯, 좌르르 말하고 나자 속이 시원했다. 핏줄이 튀어나오도록 주먹을 쥐고 있다가 한순간에 놓아 버린 기분이랄까? 꽉 막혀 있던 곳이 뻥 뚫린 기분과 함께 짜르르, 온몸으로 전기가 흘렀다.

"미안해."

한참 후에 재인이가 다시 말했다. 신기했다. 말하고 나니 정말 아무것도 아닌 일이 되어 버렸다. 지우개로 지운 것처럼 모든 것이 깨끗해졌다.

그때였다. 누리가 허리를 굽혀 작은 돌멩이 하나를 주워 들었다. 누리가 재인이에게 그 돌멩이를 던졌다. 돌멩이는 재인이 아랫배를 툭 건드리고는 땅바닥에 떨어졌다. 재인이가 땅바닥에 떨어져 있는 돌멩이를 무심히 내려다보았다. 누리의 마음을 알 것도 같았다.

이번엔 재인이가 돌멩이를 주웠다. 똑같이 누리를 향해 던졌다. 돌멩이가 역시 누리 아랫배를 때렸다. 그런데 누리가 갑자기 배를 감싸 안았다. 허리까지 굽히고는 몸을 옹송그렸다. 재인이는 놀랐다. 무언가 크게 잘못된 거라 느껴졌다. 고작 엄지손톱만 한 돌멩이였는데, 엄지손톱만 했는데. 식은땀이 솟구치는 것을 느끼며 재인이가 두 팔로 얼른 누리를 껴안았다. 진짜 미안했다. 이젠 다 알았는데, 누리 마음을 이젠 다 알게 됐는데, 이런 바보 같은 실수를 하다니.

그런데 껴안은 누리 몸이 푸들푸들 떨렸다. 더 이상 참지 못하고 누리는 재인이 품에서 어깨까지 들썩거렸다. 화들짝 놀란 재인이가 누리의 등짝을 후려쳤다.

"뭐야, 정말!"

누리는 웃고 있었다. 키득키득, 낄낄낄. 재인이도 더는 못 참겠다는 듯 누리를 따라 웃기 시작했다. 동시에 터져 나온 재인이와 누리의 웃음소리가 놀이터를 휘감았다. 깔깔깔, 깔깔깔.

돌고 돌던 웃음이 전봇대처럼 버티고 선 가로등에 부딪히자 가로등은 기다렸다는 듯 둘의 웃음을 빨아들이기 시작했다. 재인이와 누리의 웃음소리가 가로등 불빛이 되어 놀이터 구석구석으로 퍼져 나갔다. 점점, 점점 놀이터가 환해졌다.

매듭

1

드르륵, 교실 앞문이 열렸다. 담임 선생님이 들어왔다. 담임 선생님 손엔 성적표 묶음과 집 주소를 써서 제출한 편지 봉투 묶음이 함께 들려 있었다. 여기저기서 아이들의 짧은 탄식이 쏟아져 나왔다.

"한턱내는 거 잊지 마라."

뒤에 앉은 재영이가 속닥거렸다. 까짓 거, 뭐, 한턱쯤이야. 샐쭉 웃으며 거치적거리는 머리카락을 귀 뒤로 넘겼다. 등허리가 절로 꼿꼿해졌다.

"조용, 조용."

담임 선생님이 교탁을 두드리면서 앞문을 바라보았다. 불투명한 유리 너머로 시커먼 그림자 하나가 내다보였다.

"성적표는 조회 끝나고 반장이 봉투와 함께 나눠 주도록. 자기 성적 확인하고, 각자 봉투 작업해서 반장한테 제출하는 것도 잊지 말고."

담임 선생님이 지시 사항을 모두 전달하고 나서 다시 앞문을 향해 고개를 돌렸다.

"들어와라, 김리리."

담임 선생님 말이 끝나기 무섭게 그림자가 움직였다.

김리리? 이방인의 출현에 교실은 잠시 술렁거렸고, 내 머릿속으로 순간 굵은 나사 못 하나가 날아와 쿵, 박혔다. 그 사이 인기척은 점점 더 또렷해지고 있었다.

교실에 들어선 리리를 보자마자 나는 양미간을 찌푸렸다. 귀밑머리를 만지작거리고 있던 내 손이 귀 뒤로 막 넘어가는 그때, 느닷없이 낡디낡은 흑백 사진 한 장이 갑자기 튀어나왔다.

"야, 어디로 갈까? 까치 분식?"

재영이가 등에 대고 또 속닥거렸다. 재영이 목소리와 함께 흑백 사진첩이 좌르륵 소리를 내며 넘어갔다.

기억 속 여자아이는 리리였다. 리리라니, 리리가 나타나다니! 리리는 몸통을 점점 부풀려 나를 압도하기 시작했다. 부풀어 오르는 속도 때문에 나는 숨조차 쉬지 못할 지경이었다. 나는 목 언저리를 연신 훑어 내며 훅 하고 뜨거운 김을 뱉어 냈다. 그제야 숨이 제대로 쉬어졌다.

리리는 눈에 뜨일 듯 말 듯 왼발을 까닥거렸다. 리리의 아주 오래된 버릇이다. 방금 전까지 내 주위를 맴돌던 그 많은 소음들은 다 어디로 간 것인지 리리가 실내화로 바닥을 내리치는 소리만 크게 들려왔다. 리리의 쌕쌕거리는 숨소리까지 들리는 듯해서 나는 책상에 고개를 처박았다.

"김리리라고 해. 많이 도와줘."

다리를 건들거리며 서 있던 리리가 반듯이 서서 자기소개를 했다. 다소곳한 리리의 목소리는 잔잔한 수면 위로 물방울이 떨어질 때 나는 소리처럼 맑고 투명했다.

새 한 마리가 내 안으로 들어와 파닥거렸다. 새의 날갯짓에 회오리바람이 일기 시작했다. 내 가슴도 요동을 쳐 댔다. 나는 의자 깊숙이 몸을 더 구겨 넣었다.

2

성적표는 치마 주머니에 그대로 있었다. 반장에게 내야 하는 걸 깜빡했다. 나는 주머니에서 성적표를 꺼냈다.

반 석차 15등. 학년 석차 156등.

1학년 1학기 내내 밑에서만 돌던 반 석차가 무려 14등이나 올랐다. 수학 공부에 주력했던 결과일 터. 바닥을 치고 있는 성적을 만회하기 위해 나는 이번 시험에 수학 공부만 주야장천 했더랬다. 그랬더니 수학 점수가 무려 20점이나 올랐다. 수학 점수는 거기서 거기인 다른 과목 점수들을 다 만회시켜 주고도 반 석차, 학년 석차까지 고속 상승시켜 주었다.

초록색 신호등이 켜졌다. 용수철이라도 끼워 넣은 듯 종아리 근육은 탄력을 주체하지 못하고 절로 움직거렸다. 나는 다리를 쭉 뻗어 한달음에 횡단보도를 건넜다. 리리 일 따위는 벌써 까맣게 잊었다. 성적이, 아니 내 노력이 가져다준 기쁨에 나는 한껏 도취되어 있었다.

"다녀왔……."

현관에 신발이 어지러이 널려 있었다. 주방 쪽에서 귀에 익은 목소리가 들려왔다.

"민지?"

신발을 벗고 거실로 들어서려는데 누가 현관으로 걸어 나왔다. 보라 이모였다. 잔뜩 부풀어 오른 파마머리 때문인지 보라 이모는 사자처럼 보였다. 갈기를 흔들어 대며 보라 이모가 내게로 다가왔다. 나는 어깨를 움츠리며 얼른 고개 숙여 인사를 했다.

보라 이모는 내 초등학교 동창, 보라의 엄마다. 초등학교 졸업 후 우리 집이 바로 이사하는 바람에, 보라와 난 서로 다른 중학교에 진학했다. 자연스레 보라와도 연락이 뜸해지게 되었는데, 엄마는 보라 이모와 여전히 자주 만났다. 적극적인 성격의 보라 이모가 예전보다 더 자주 엄마에게 전화하기 때문인 듯했다.

"오랜만이네. 아가씨 다 됐는데."

성큼 다가온 보라 이모는 내 머리 속을 막무가내로 헤집었다. 보라 이모의 날카로운 손톱이 인정사정 두지 않고 내 두피까지 마구 긁어 댔다. 나는 억지웃음을 지어 보이며 눈으로 연신 엄마를 찾았다. 이 곤혹스러운 상황에서 어서 탈출하고 싶었다.

마침내 엄마가 주방에서 걸어 나왔다. 하지만 엄마는 나와 눈이 마주치자마자 콧등부터 찌그러뜨렸다. 곤란한 상황이면 습관적으로 나오는 엄마의 저 표정. 그 때문이었을까? 와르르 무너지는 기분과 함께 짜증이 솟구쳤다.

엄마는 원래 웃기도 잘하고 말도 잘하는 사람이었다. 그런 엄마가 변하기 시작한 건 내 성적이 추락하면서부터 아니었을까? 집으로 오는 내내 간직하고 있던 흥분이 산산조각 나면서 불쾌함이 밀려왔다.

나는 내 방으로 걸어갔다. 엄마의 우중충한 표정에 일격을 가하고 싶었다. 꽝 소리 나게 일부러 문을 세게 닫고 침대에 누웠다. 이불까지 덮어쓰고 침대 깊숙이 몸을 파묻었지만 등허리가 서늘했다. 꼭 내 기분만큼의 서늘함이었다.

"보라, 잘 지내지?"

꽁꽁 동여맸는데도 방문 틈새로 기어 들어온 목소리가 이불 속까지 쳐들어왔다.

"말도 마. 공부 좀 한다고 유세 떠는 거, 지겹다, 지겨워."

이번엔 보라 이모 목소리였다. 과장되게 큰 목소리.

문득, 며칠 전 엄마가 흘렸던 말이 생각났다. 보라가 이번 시교육청 수학경시대회에서 또 1등을 했다고 했다. 엄마의 어두운 표정이 되살아나며 지겹다는 생각이 들었다. 저런 식의 이야기, 저 따위 이야기. 엄마는 요사이 내 기분, 내 상황 따윈 단 한 번도 관심 가져 주지 않았다. 그런 엄마가 야속하고 원망스러워 나는 침대에서 벌떡 일어났다. 이대로 집에 있다가 늪 같은 상황 속으로 나를 빠뜨리고 싶지는 않았다.

나는 침대 발치에 던져 놓은 학원 가방을 들어 올렸다. 그러고는 이 책 저 책, 가방에 마구 쑤셔 넣었다. 영어 독해 문제집도 가방에 넣고, 수학 문제집도 집어넣었다. 그런데 오늘은 수학 수업이 없다는 생각이 번뜩 들었다. 그러고 보니 영어 독해 문제집도 사실, 필요 없었다. 영어 듣기 시험을 보는 날이기 때문이었다.

나는 가방에 밀어 넣었던 것들을 죄 다시 책상에 쏟아붓고 영어 단어장을 찾기 시작했다. 아뿔싸, 영어 단어장이 보이지 않았다. 영어 듣기 문제집도 보이지 않았다. 어디에 둔 거지? 혹시 학원에 두고 가져오지 않은 걸까? 학교 책상 서랍에 넣어 두고 그냥 온 것일까? 나는 책상 서랍을 뒤졌다. 책상 서랍 맨 아래 칸부터 시작해 제일 위 칸을 뒤지고 있을 때였다. 갑자기 나도 몰래 픽, 웃음이 나왔다. 이게 뭐야, 싶었다. 정신 차려, 지금 뭐 하고 있는 거니? 이 바보, 멍청이야. 괜스레 코끝이 매워 오면서 가슴이 먹먹했다.

"민지도 잘하지? 초등학교 땐 우리 보라랑 만날 1, 2등 번갈아 했잖아."

방문을 열려는데 다시 보라 이모 목소리가 들려왔다. 엄마는 아무 대답이 없었다.

"민지 아빠는?"

연이어 계속되는 보라 이모의 물음에 엄마는 역시 아무 대답도 하지 않았다.

"아무튼 민지 엄마는 좋겠다. 잘나가는 남편에, 공부 잘하는 딸에."

시장 복판에서 터져 나오는 소리들처럼 보라 이모 목소리가 시끌시끌했다.

"잘나가긴. 그렇지, 뭐."

간신히 엿들은 엄마 목소리엔 힘이 하나도 없었다.

"그래도 눈 씻고 봐 봐, 민지 아빠만 한 사람이 어디 있나? 직장에서 인정받지, 집에서는 자상하지. 분명 민지도 아빠를 닮았으니 잘할 거야. 그렇지?"

보라 이모는 어떡해서든 나에 대한 이야기를 끄집어내려고 했다.

“사과나 먹어.”

하지만 엄마 대답은 역시나 성의 없고 매가리 없었다.

나는 밖으로 나갈 엄두를 내지 못한 채, 한참을 그냥 서 있었다.

“왜? 벌써 학원 가게?”

마침내 방에서 나온 나를 보고 엄마가 물었다. 엄마 손에 들린 사과 껍질이 한 번도 끊이지 않은 채로 대롱대롱 매달려 있었다. 엄마의 물음에도 내 얼굴은 돌덩어리라도 되어 버린 듯 움직일 줄 몰랐다. 나는 간신히 고개만 까닥거렸다.

“와우, 민지, 학원 가나 보네. 아무튼 민지는 그때나 지금이나 모범 짱이라니까.”

완전 개념 상실의 지존, 보라 이모.

보라 이모의 호들갑을 뒤로하고 다짜고짜 현관으로 간 나는 신발을 꿰신었다. 그런데 팽팽하게 당겨져 있는 운동화 끈 때문인지 발이 들어가지 않았다. 젠장, 신발까지 말썽이었다. 가위로 확 잘라 버리고 싶었다.

“과일 좀 먹고 가지 그러니?”

등 뒤로 엄마 목소리가 다시 들려왔다.

나는 운동화 뒤축을 구겨 신은 채 그냥 밖으로 나왔다. 물론 이번에도 대답 따위는 하지 않았다.

계단을 택했다. 바쁠 이유가 없었다. 어디라도 서성대다 학원 시간에 늦지 않으면 그만이니까. 학원은 지각만 하지 않아도 절반은 모범생 취급을 해 주었다.

3층까지 걸어 내려왔을 때였다. 무심히 치마 주머니에 손을 넣었는데 성적표가 만져졌다. 아, 성적표! 보라 이모만 아니었더라면 성적표가 빛을 발했을지도 모르는데.

그때, 열려 있는 계단 창으로 바람이 한 뭉치 밀려 들어왔다. 문득 보라 이모가 했던 말이 생각났다.

'민지는 아빠를 닮았으니 잘할 거야. 분명 아빠처럼.'

바람이 할퀴듯 목덜미를 훑고 지나가자 대번에 소름이 오소소 돋았다. 순식간에 온몸으로 냉기가 번져 갔다. 곧 마음까지 꽁꽁 얼어붙고 말았다. 얼어붙은 마음 위로 아빠 얼굴이 날아와 박혔다. 아빠를 닮았다고? 외모를 빼고 닮은 구석이라곤 눈을 씻고 찾아봐도 없는데. 아빠처럼 매사에 꼼꼼하거나 완벽하지도 못한데. 칭찬받을 건더기가 하나도 없는데. 보라 이모 말이 바람을 타고 계속 내 머릿속을 헤집고 다녔다. 나는 옷깃을 여몄다. 하지만 바람은 용케 틈새를 찾아내 기어이 파고들어 왔다. 아무리 단단히 여며도 등허리며 가슴이 서늘했다. 그렇게 꽁꽁 옷을 여민 채로 나는, 학원 근처를 싸돌아다녔다. 학원에 도착했을 땐 막 영어 수업이 시작되고 있었다.

듣는 둥 마는 둥, 시간만 죽이다 수업 끝나기가 무섭게 학원 밖으로 나왔다. 하릴없이 또 걸어 다녔다. 얼마나 걸었는지 정신을 차렸을 땐 주위가 어둑어둑했다. 오늘따라 어둠이 유난스레 짙었다. 몇 시간 전보다 거세어진 바람결에서는 비 냄새까지 났다. 하늘을 올려다보니 한바탕 비라도 쏟아져 내릴 것 같았다. 나는 달리기 시작했다. 너무 늦었다는 생각이 들기도 했지만, 썰렁하고 휑뎅그렁한 거리가 무서웠다.

얼마나 정신없이 달렸는지 아파트 현관문 앞에 도착했을 땐, 숨이 턱까지 차올랐다. 그사이 어둠은 장막을 친 것처럼 훨씬 더 두꺼워져 있었다. 현관문을 열기 전 나는, 치마 주머니에 있는 성적표를 확인했다. 꼬깃꼬깃 접힌 성적표는 얌전히 제자리를 지키고 있었다. 어서 나를 꺼내 줘, 답답해. 성적표가 내 손에 대고 속살거렸다.

엄마는 싱크대 앞에 붙박인 것처럼 서 있었다. 내가 일부러 가방을 거칠게 소파 위에 내던졌는데도 뒤도 돌아보지 않았다. 나는 식탁 의자로 가 앉았다.

"뭐 줘?"

엄마가 들릴락 말락 한 소리로 내게 물어 온 건 한참 뒤였다. 엄마 목소리는 바닥에 가 닿아 있었다. 내 기분까지 끌고 내려가는 목소리였다. 왜 이런 식으로 사람 진을 빼놓는 것인지. 나는 엄마를, 요사이 더 심란해진 엄마를 이해하기 힘들었다.

엄마가 가스레인지 위에 냄비를 얹었다. 라면이라도 끓여 줄 모양이었다. 가스에 불이 붙자 엄마가 불 앞에 서서 얼굴을 쓸어내렸다.

얼마 후, 냄비에서 김이 흘러나왔다. 엄마가 냄비에 라면을 집어넣었다. 엄마는 미리 씻어 놓은 파를 채 썰고 달걀을 깨뜨려 풀기 시작했다. 파 그릇과 달걀 물 담긴 그릇, 양념 그릇들이 가지런히 가스레인지 옆에 놓여 순서를 기다렸다. 엄마는 그것들의 위치를 몇 번이고 바로잡았다.

엄마가 냉장고에서 김치 통을 꺼내 왔다. 김치 통에서 얼룩을 발견한 엄마는 김치 통 둘레를 닦았다. 성이 차지 않는지 엄마는 몇 번이고 그것을 닦고 또 닦아 댔다.

라면 냄비에서 김이 한 움큼 피어오르자 그제야 엄마가 쟁반을 꺼내 놓았다. 쟁반 한가운데에 냄비 받침을 올려놓고 싱크대 이곳저곳을 꼼꼼히 다시 살피는 엄마. 나는 엄마의 행동 하나하나에 숨이 막혀 왔다. 나 보라고 일부러 그러는 것처럼 느껴졌다.

엄마가 가스 불을 끄고 냄비 뚜껑을 열었다. 김이 한꺼번에 올라왔다. 나는 식탁 위 수저통에서 젓가락을 챙겼다. 사실 라면을 먹고 싶다는 생각 따윈 진작 달아나고 없었지만, 아빠가 오기 전까지 나는 그 어떤 불협화음도 내기 싫었다.

내가 움직일 때마다 치마 주머니에서는 종이 부스럭거리는 소리가 들려왔다.

"민지야, 너 혹시 보라와 과학 과외 할 생각……?"

식탁을 사이에 두고 마주 앉은 엄마가 느닷없이 과외 이야기를 꺼냈다.

"내가 왜 걔랑 공부를 같이해? 싫어."

나는 젓가락을 탁, 소리 나게 내려놓았다. 배배 꼬아 놓은 지푸라기처럼 마음이 다시 비틀렸다.

"왜 짜증부터 내고 그러니? 그렇게 다짜고짜 못되게 굴면 엄마도 짜증……."

"나도 알아. 엄마가 왜 만날 화난 표정인지 다 안다고."

나는 엄마 말을 끊어 버렸다.

"네가 뭘 안다고. ……관두자."

엄마는 불퉁한 표정을 짓고서 나를 외면했다. 나도 엄마를 외면했다. 요사이 엄마는 불발탄이었다. 언제, 어디서 터질지 전혀 예측할 수 없는 불발탄. 다 공부 못하는 나 때문이란 걸 알고는 있지만, 불편하고 불안했다. 불발탄 같은 엄마 모습이 늘 나를 아슬아슬하게 했다.

그때 딕딕딕, 띠딕, 차르륵, 현관문 열리는 소리가 들려왔다. 귀에 익숙한 아빠 발소리도 연이어 들려왔다. 나는 일어서서 아빠를 맞아야 한다는 생각도 잊은 채 불어 터지기 시작한 면발만 휘적휘적 저었다.

"저녁 먹니?"

주방으로 들어온 아빠가 나직한 목소리로 말을 걸어오자, 왈칵 눈물이 쏟아지려 했다.

"……."

분위기가 심상치 않다고 느낀 건지 아빠가 엄마를 바라보았다. 하지만 엄마는 아빠와 눈도 마주치지 않고 의자에서 일어났다. 갑자기 할 일이 생각난 것처럼 엄마가 다급히 수돗물을 틀었다. 물 쏟아지는 소리에 엄마 움직거리는 소리가 섞여 들었다. 아빠가 식탁 의자로 와 앉았다.

"라면이네."

식탁 위에 놓인 냄비를 내려다보며 아빠가 중얼거렸다.

"……."

나는 입을 열면 말보다 울음이 먼저 쏟아질 것 같아 아무 말도 하지 않았다.

"배고팠는데."

아빠는 젓가락을 들고 라면을 먹기 시작했다. 불어 터진 면발이 아빠 입으로 넘어가기도 전에 툭툭 끊겼다. 하지만 며칠 굶은 사람처럼 아빠는 게걸스레 라면을 먹어 댔다. 아빠가 후루룩 쩝쩝거리는 소리만 공간을 둥둥 떠다녔다.

바닥을 드러내기 시작한 냄비에 라면 몇 가닥이 겨우 남아 있을 때였다.

"요새 학교는 어떠니?"

아빠가 내게 물었다.

"……."

나는 대답하지 않았다. 그럴 기분이 아니었다.

"친구는?"

아빠가 또 물었다.

"……."

역시 나는 대답하지 않았다. 친구라는 물음에 갑자기 리리가 생각났다.

"열심히 하고 있지?"

아빠는 밑도 끝도 없이 계속 질문을 던져 댔다.

그때, 아빠가 냄비에 걸쳐 둔 젓가락을 건져 냈다. 힐끗 보니 아빠 입술 언저리에 라면 조각이 묻어 있었다. 나는 대답 대신 아빠 얼굴 한쪽을 손가락으로 가리켰다. 아빠가 눈치채고 더듬더듬 이물질을 찾기 시작했다. 쉽게 찾아지지 않는지, 아빠는 허둥거렸다. 아빠의 헛손질이 웃겼다. 픽, 나는 나도 모르게 그만 웃고 말았다. 아빠도 입술 끝을 살짝 끌어 올려 미소를 지었다.

그제야 나는 고개를 끄덕였다. 아빠의 작은 미소에, 실없이 터진 내 웃음에 가슴을 누르고 있던 돌멩이 하나가 훅 빠져나갔다. 아빠가 그때 들어오지 않았더라면, 아빠가 불어 터진 라면을 대신 먹어 주지 않았더라면, 내게 아무 말이나 먼저 걸어 주지 않았더라면, 또 방금 전처럼 웃어 주지 않았더라면, 이렇게 웃을 여유도, 고개 끄덕여 대답할 여유도 없었을 것이다.

내가 한 번 더 고개를 끄덕여 보이자 아빠도 다시 한 번 웃어 보였다. 조금 전보다 훨씬 더 커진 웃음이었다.

식탁 의자에서 일어선 아빠는 여태 설거지만 하고 있는 엄마의 뒷모습을 빤히 바라보았다. 아빠는 하고 싶은 말이 있는 듯했지만 헛기침만 두어 번 하고 그냥 안방으로 들어갔다.

문득 아빠를 기쁘게 해 주고 싶다는 생각이 들었다. 아빠도 나처럼 기분이 좋지 않은 것 같고 피곤하기도 한 것 같은데, 이 성적표라면 너끈히 아빠의 기분을 바꿔 줄 수 있지 않을까, 싶었다.

나는 아빠가 들어간 안방 문을 쳐다보다 치마 주머니에서 성적표를 꺼냈다. 온종일 주머니 속에서 시달린 성적표는 구겨질 대로 구겨져 있었고, 접힌 자국을 따라 살짝 찢어진 곳도 있었다. 심호흡을 크게 하고서, 식탁 한가운데에 성적표를 내려놓았다. 행여 날아갈까 싶어 성적표 위에 수저통까지 얹어 놓았다. 그러고는 조용히 내 방으로 숨어 들어갔다. 할 일을 다 마친 기분이 들었다. 주방에선 달그락거리는 소리가 계속 들려왔다.

3

언제 잠든 걸까? 핸드폰 벨소리에 눈이 떠졌다. 창문으로 깊은 밤의 어둠과 함께 빗소리가 밀려 들어왔다. 핸드폰 시계를 보니 벌써 밤 11시. 잠깐 누웠다 일어나야지 했는데 깊게 잠들었던 모양이다.

"뭐냐? 전화를 골라 받기라도 하냐? 세 번째 전화하는 거거든."

재영이였다. 나는 느릿느릿 침대 밖으로 기어 나왔다. 핸드폰을 빠져나와 방 안을 대굴대굴 굴러다닐 정도로 재영이 목소리가 요란했다. 그런데도 자꾸만 눈이 감겼다. 어떻게 된 게 이놈의 잠은 거머리처럼 찰싹 달라붙어 당최 떨어질 줄 몰랐다.

"야, 쏘란다고 치사하게 튀냐? 다시 봤다, 너."

리리 때문에 심란해져서 그냥 나온 건데. 하지만 재영이에게 미안했다. 어쨌든 약속을 어긴 건 나니까. 자꾸만 내려오는 눈꺼풀을 끌어 올리며 나는 애써 잠을 털어 냈다. 학원

숙제며 학교 숙제가 잔뜩 밀려 있었고, 마무리해야 할 일도 태산이었다.

"미안."

심드렁하게 대답하고서 나는 책상 의자로 가 앉았다. 얼핏, 너무 성의 없게 대답한 건 아닌가 싶었지만 크게 신경 쓰지는 않았다. 다른 누구도 아닌 재영이니까. 재영이는 내게 있어 늘 그런 존재다. 굳이 뭔가를 설명하거나 주저리주저리 변명할 필요 없는 그런 친구. 새삼 재영이가 내 '베프'라는 사실이 가슴 뿌듯했다.

나는 핸드폰을 더 바짝 귀에 갖다 대었다.

"맞혀 봐, 지금 내 머릿속에 들어 있는 기똥찬 계획을."

재영이가 금세 마음을 풀고 통통 튀는 목소리로 다시 물어 왔다. 재영이의 느닷없는 물음에 곧 몇 가지 생각들이 들쭉날쭉 솟아났다. 하지만 들떠 있는 목소리만으로는 재영이 생각을 알아낼 재간이 없었다. 무슨 꿍꿍이인 거야. 도저히 감이 잡히지 않아 슬슬 짜증까지 나려 했다.

"야, 그냥 말해."

나도 모르게 목소리가 부루퉁해지고 말았다.

"히히."

재영이가 키득거렸다.

"야, 빨리 말하라니까. 나 돌아가시면 말할래?"

궁금한 걸 못 참는 내 성격을 재영이가 건드리고 있었다.

"너, 내일 학원 빠질 수 있지?"

재영이가 밑도 끝도 없이 학원 타령을 해 댔다. 정말 무슨 속셈인 거지?

"학원을 빼라고? 왜?"

내 목소리는 당연 한 톤 더 높아졌다.

"너, 학교 앞 사거리 쇼핑센터에 생긴 인라인스케이트장 얘기 들었지? 낼 우리 거기 가자."

"인라인스케이트장?"

문득 개업 기념으로 일주일 무료입장 행사를 한다는 전단지 생각이 났다. 학교 근처에 뿌려진 전단지를 두고 아이들은 난리가 아니었다. 담임 선생님도 어디서 정보를 들은 건지, 인라인스케이트장 근처에는 얼씬도 하지 말라고 은근히 협박까지 했다. 시험 기간에는 공부에 방해된다고, 시험이 끝나면 기강을 잡는다고 생떼를 써 대는 어른들의 뻔한 수법이었다.

"거기 가면 말이야."

재영이가 뜸을 들이며 말했다.

"야, 빨리 말해. 거기 가면 뭐, 뭐?"

"아니, 거기 가면 뭔가 좋은 일이 생길 것 같지 않냐?"

재영이는 계속 키득거렸다.

"좋은 일? 좋은 일이 뭔데?"

"너, 남친 있으면 좋겠다고 했잖아. 혹시 아냐? 남친이라도 만들게 될지? 거기 꽃남들이 많이 드나든대. 벌써 소문이 자자해."

재영이가 너스레를 떨며 나를 유혹했다. 나는 책상 의자 아래로 다리를 죽 늘어뜨렸다. 몸이 아래로 끌려 내려가면서 엉덩이가 의자에서 미끄러졌다. 내 몸과 의자 등받이 사이에 삼각 공간이 생겼다. 한없이 느슨해진 자세로 나는 재영이 목소리에만 귀를 기울였다. 솔직히 재영이의 제안에 내 마음은 벌써 움직이고 있었다. 중요한 일을 도모하고 있다는 착각까지 들어 찌뿌듯하게 남아 있던 잠 부스러기가 당장 날아가는 기분이었다.

"끊어, 끊어. 우리 엄마 온다. 쓸데없는 전화 한다고 잔소리할 게 분명해. 그럼 내일 꼭 가는 거다."

핸드폰으로 곧 재영이 엄마 목소리가 들려왔다. 잘 알아들을 수 없었지만 재영이 엄마 목소리는 몹시 따가웠다. 이내 전화가 끊겼다. 나는 핸드폰을 침대 위에 던졌다.

인라인스케이트장! 문득 초등학교 4학년 때까지 탔던 내 빨간 인라인스케이트화가 생각났다. 늦게 배운 탓인지 나는 인라인스케이트에 푹 빠졌다. 엄마에게 매번 야단을 맞으면서도 나는 인라인스케이트를 타고 주차장이며 동네 놀이터를 싸돌아다녔다. 하지만 딱 그때까지였다. 제대로 배우기도 전에 나는 많은 것들과 이별해야 했다. 인라인스케이트, 놀이터, 내가 제일 좋아했던 자전거까지. 빡빡해진 학원 스케줄이 내 거의 모든 일상을 지워 버린 탓이었다.

사실 나도 전단지를 봤을 때 가슴 설레긴 했다. 바람의 속도로 인라인스케이트를 타며 놀던 그때, 바람이 식혀 줘도 겨드랑이와 이마가 땀으로 금세 흥건해지던 그때. 그땐 다른 생각들이 스며들 틈이 없었다. 그저 붕 떠서 전진하는 속도만 즐기면 그만이었다. 벌써 몇 년 전의 일이다.

그렇게 몇 년 전 기억에 푹 빠져 있을 때였다. 문이 벌컥 열렸다. 방문이 잠겨 있지 않았다는 걸 눈치채지 못하고 있었다. 나는 방문이 열리고서야 얼른 책을 펼쳐 들었다. 국어 자습서였다. 아직 배우지도 않은 주동문과 사동문이 눈앞에 짱짱하게 버티고 있었다.

"으흠."

아빠였다. 아빠가 헛기침을 하며 방으로 쓱 들어왔다. 잘못한 것도 없는데 괜스레 가슴이 콩닥거렸다. 힐뜩, 아빠 손에 들려 있는 종이 한 장이 눈에 들어왔다. 내 성적표였다.

"친구냐?"

아빠가 물었다.

나는 선뜻 대답을 못 하고 의자만 돌려 아빠를 올려다보았다. 아빠는 나를 내려다보았다. 나와 눈이 마주치자 아빠가 생급스레 웃음을 지어 보였다. 어색하기 그지없는 웃음이었다.

"재영이라고. 아빠도 알잖아요. 건너 아파트에 사는 우리 반……."

나는 엉거주춤 의자에서 일어서며 대답했다.

"그래."

아빠가 무 자르듯 내 말을 잘라 냈다. 아빠가 곧 내 방을 둘러보기 시작했다. 아빠 시선이 책상과 책꽂이에 잠깐 머물러 있더니 잔뜩 어수선한 내 방 구석구석을 찬찬히 살피기 시작했다. 아빠 시선이 다시 침대로 옮겨졌다. 금방 자고 일어난 침대 한복판은 움푹 패어 있었다. 둘둘 말려 구석으로 밀려난 이불 가장자리엔 핸드폰이 아무렇게나 놓여 있었다. 아빠 시선이 붙박아 놓기라도 한 것처럼 핸드폰에 한참 머물렀다.

그때였다. 띠링띠링. 저를 쏘아보는 사람에게 시비라도 걸듯, 핸드폰이 울려 댔다. 재영이 전화였다. 재영이 전화번호에만 특별하게 붙여 놓은 벨소리였다. 나는 얼른 핸드폰을 집어 들어 전원 스위치를 껐다. 보나 마나 재영이는 아까 못 다한 이야기를 하려고 다시 전화를 걸었을 것이다. 아빠는 왜 받지 않느냐는 표정으로 나를 멀뚱히 쳐다보았다.

"무슨 일……?"

아빠가 채 다 묻기도 전에 나는 무의식적으로 핸드폰을 등 뒤로 감췄다. 재영이와 나눴던 대화가 꺼림칙했기 때문이다. 아빠가 까칠해 보이는 턱수염을 좌우로 매만졌다.

사실 내가 전화를 받지 않은 건, 재영이 전화 따위에 방해받고 싶지 않아서였다. 아빠가 들어온 순간부터 나는 내내 아빠 손에 들린 내 성적표에만 신경을 쓰고 있었다. 솔직히 말하자면 은근 설레기까지 했다. 아빠가 칭찬을 하면 어떤 표정을 지어야 하지? 어떻게 대답해야 하지? 기대와 설렘 때문에 마음이 들썩거리면서 나도 몰래 시선이 자꾸 아빠 손 쪽으로 내려갔다. 나는 해낙낙해져 있는 시선을 감추느라 발로 방바닥을 긁어 댔다.

"으흠."

아빠가 헛기침을 했다.

"늦었는데……, 그만 자라."

아빠가 말했다. 그러고는 그만이었다. 두말 없이 뒤돌아서는 아빠 손엔 여전히 내 성적표가 접힌 채로 들려 있었다.

"아빠."

아빠의 태도에 너무 당황해서였을까? 아빠가 문을 열고 방을 나서려고 하는데, 나도 모르게 아빠를 불렀다.

'내게 하고 싶은 말이 있……'

하지만 나는 아빠를 붙잡아 놓고도 막상 아무 말 하지 못했다. 반에서 1등을 한 것도 아니고, 10등을 한 것도 아닌데, 싫었던 거다. 아빠가 뒤돌아 멀뚱히 나를 쳐다보자 나는 당장 머쓱해져 맹숭맹숭 웃기만 했다. 물컹해진 마음 때문에 아빠 등 뒤에 감춰진 내 성적표 따윈 이젠 눈에 들어오지도 않았다.

아빠가 그렇게 내 방에서 나가자 허탈함이 밀려들었다. 나는 의자에 주저앉았다. 의자가 미끄러지면서 실꾸리 풀리듯 낡은 기억 하나가 좌르르 풀려나왔다.

초등학교 4학년 때의 일이었다. 그때도 나는 이런 기분을 맛보았다. 잔뜩 부풀어 올랐다가 빵 터져 버린 풍선처럼 일시에 존재감이 사라져 버렸던 기억. 손바닥 뒤집듯 설렘이 허탈함으로 순식간에 자리를 바꿨던 바로 그 기억.

"민지는 소질이 있어요. 커서 아주 훌륭한 피아니스트가 될 거예요."

새로 만난 피아노 선생님은 내 연주를 듣자마자 입을 다물지 못했다. 나는, 훌륭한 피아니스트란 말 부분에서, 미묘하게 변하는 아빠 표정을 훔쳐보았다. 아빠가 나 때문에 기뻐한다고 생각하자 눈물이 날 정도로 나는 기분이 좋았다. 피아노 선생님은 그 후로 일주일에 세 번씩 집으로 와서 레슨을 해 주었다.

"이번 대회에서 실력을 한번 뽐내 봐. 분명 좋은 결과가 있을 거야."

레슨 한 달 후, 피아노 선생님은 당연히 나 같은 아이가 전국 대회에 나가야 한다고 했다. 경험을 쌓기 위해서라도 대회 출전은 필수지만 한 번씩 이런 큰 대회에서 겨뤄 봐야 실력이 월등히 좋아진다고 했다. 아빠는 신문을 들여다보는 척하면서, 선생님 말에 살짝살짝 고개를 끄덕였다.

"민지야, 이리 와서 앉아 봐."

대회가 코앞으로 다가온 어느 날이었다. 아빠가 학교에서 돌아온 나를 불러 세웠다. 그즈음 나는 피아노 대회에 집중하느라 다른 학원은 다니지 않았다. 강요받는 건 아니었지만 입상에 대한 압박 때문에 나는 신경이 매우 날카로워져 있었다. 내 기분과 달리 아빠 표정은 그날, 무척 밝았다. 아빠가 나를 무릎에 앉혔다. 참으로 오랜만의 일이었다.

"아빠는 말만 앞세우는 사람은 싫어. 알지? 목표를 정해라. 1등이라는 목표를 정하면 반드시 넌 1등이 된단다. 알겠지, 민지야?"

아빠가 내 머리를 쓰다듬으며 말했다. 아빠 손길이 따뜻해서 몸이 녹는 기분이었다. 나는 세차게 고개를 끄덕였다.

그날 아빠는 직접 사 온 드레스를 내게 선물했다. 드레스만이 아니있다. 큐빅 박힌 신발은 내가 한 걸음 한 걸음 걸을 때마다 내 얼굴에까지 영롱한 빛을 반사했다. 머리띠에 박힌 큐빅 또한 제 황홀한 빛을 사방으로 쏘아 대며 나를 빛나게 했다.

아빠가 사 준 드레스와 신발, 머리띠까지 하고서 나는 아빠 앞에서 대회 곡을 연주했다. 탄력받은 내 손가락은 건반 위를 나비처럼 날았다. 모든 것이 완벽했다. 드레스 자락을 펼치고 마무리 인사를 하는 것으로 나는 완벽함에 마침표를 찍었다. 아빠가 자리에서 일어나 양팔을 펼쳐 보였다. 아빠에게 달려가 안기며 그날 나는 뭐라고 종알거렸던가? 고맙다고 했던 것 같기도 하고, 사랑한다고 했던 것 같기도 한데. 어쨌든 난생처음 입어 본 드레스 때문에 나는 최고의 연주자가 된 듯싶었다. 그날 이후 발동 걸린 기계처럼 나는 연습에만 몰입했다. 내 목표는 당연 1등이었다.

피아노 대회 날이었다. 하얀 드레스를 입은 나를 보고 엄마가 엄지손가락을 세워 보였다. 나는 그 어느 때보다도 잘 칠 자신이 있었다. 이름이 불리자 나는 무대로 올라가 피아노 의자에 앉았다. 정말 거짓말같이 하나도 떨리지 않았다.

그러나 딱 거기까지였다. 곡을 시작하기 전, 무심결에 객석을 둘러보다가 아빠를 보게 되었다. 조명도 비치지 않는 아주 구석진 자리에 아빠가 홀로 앉아 있었다. 그런데 어찌 된 일일까? 바로 그 순간, 말만 앞세우는 사람, 1등, 목표. 아빠를 본 순간부터 아빠 목소리가 귀에 쟁쟁거리는 것이었다. 아빠 목소리가 조명을 타고 빙빙 돌아다녔다. 무대까지 아빠 목소리를 따라 빙빙 돌기 시작했다. 나는 너무 어지러워 도무지 피아노 연주에 집중할 수 없었다. 한 마디를 치면 그다음 마디가 자동 생각나야 하는데, 어지러움 탓에 기억이 뚝뚝 끊겼다. 나는 친 데를 또 치고, 틀린 데를 또 치다가 겨우겨우 연주를 마쳤다. 무대에서 내려오는 나를 보며 엄마는 근심 어린 표정을 지어 보였다. 아빠는 벌써 가 버린 건지 어디에도 보이지 않았다.

피아노 대회 다음 날, 친구를 만나러 나간 엄마가 늦게까지 들어오지 않았다. 아빠와 나, 둘만 집에 있었다. 짜장면으로 저녁을 때운 후 아빠는 거실에서 신문을, 나는 컴퓨터 게임을 하기 시작했다. 아빠의 기대를 무너뜨렸다는 자괴감 때문인지 자꾸만 아빠 눈치가 보였다. 당연, 컴퓨터 게임이 제대로 될 리 없었다. 사실 게임은 아까부터 저 혼자 작동되고 있었다. 무슨 말이든 해야 할 것 같은 압박감에 나는 계속 아빠만 힐끗거렸다. 컴퓨터 의자에 앉은 채, 개미만 한 목소리로 아빠를 불렀다. 아빠가 부스럭부스럭 신문을 뒤적이다 말고 고개를 들었다. 눈이 침침한 건지 나를 바라보며 아빠는 연신 눈을 비벼 댔다. 나를 바라보는 아빠 눈엔 피곤이 기름 찌꺼기처럼 달라붙어 있었다.

"어제 피아노 못 쳐서……."

울컥거림이 내 입을 막았다.

"괜찮아."

용수철 튀어 오르듯 아빠 대답이 성급하게 튀어나와 내 그다음 말을 잘랐다.

"다른 걸 잘하면 된다. 우리 민지는 아빠 닮아서 피아노 말고도 잘하는 게 많잖아. 다른 걸 잘하면 돼."

아빠가 단호하게 말했다.

아빠는 다시 신문을 보기 시작했고 나도 다시 게임을 시작했다. 그런데 말을 꺼내기 전보다 모든 것이 더 복잡해지고 말았다. 겨우겨우 산을 넘었다고 생각했는데, 더 큰 산 하나가 내 앞을 가로막고 서 있는 그런 기분이었다. 아빠가 괜찮다고 하는데도 나는 부끄러웠다. 다른 걸 잘하면 된다고 하는데도 아무것도 잘하지 못할 거란 생각까지 들었다. 한없이 작아지고 낮아지는 기분을 느끼며 나는 계속 콧방울을 움직거렸다. 가까스로 울음을 참아 내고 있었다.

어쩌면 나는 그날, 난생처음 드레스를 입었던 그날처럼 아빠 무릎에 앉고 싶었는지도 모르겠다. 아빠가 내 손을 잡고 등이라도 다독여 주면 좋겠다, 기대하고 있었는지 모르겠다. 손바닥으로 얼굴을 덮자 손가락 사이로 눈물이 삐죽, 새어 나오고 말았다. 아빠가 눈치챌 새라 나는 얼른 눈물을 닦아 냈다.

우연일까, 필연일까? 나중에 나는 그 대회에서 우승한 아이가 나와 같은 학교에 다닌다는 걸 알게 되었다. 김리리. 리리는 피아노만큼 공부도 잘하는 아이였다. 나와 같은 학년의 리리가 시상대 위에 서 있는 모습은 마치 햇살 같았다. 눈이 부셔 쳐다볼 수조차 없었다. 리리와의 인연은 그 후로도 계속되었다. 내 몸 어딘가에 빨판이라도 붙이고 있는 게 아닌가 싶을 정도로 리리는 늘 나를 따라다녔다. 정말 껌딱지 같았다.

문득, 오늘 오후 전학 온 리리의 모습이 다시 떠올랐다. 리리는 여전히 예뻤다. 5학년 그때처럼, 아니 5학년 그때 진우 앞에서 화사하게 웃던 그날의 그 모습처럼 말이다. 나는 어금니를 꽉 깨물었다. 돌이키고 싶지 않은 기억이 통증과 함께 밀려왔다.

4

나는 5학년이라서 행복했다. 아니, 유진우와 같은 5학년 6반이라서 정말 행복했다. 그날 화요일은 아주 특별한 날이었는데, 시 주최 초등영어토론대회에 진우와 내가 학교 대표로 첫 연습을 하는 날이었다. 진우와 단둘이 뭔가를 한다는 것은 진우를 좋아하는 모든 5학년 여학생들에게 유진우를 넘보지 말라고 단속할 수 있는 아주 좋은 기회였다. 내친김에 나는, 영어 회화만은 내가 제일이라는 것을 진우에게 뽐내고 이번 기회에 고백까지 할 작정이었다. 이를테면 사랑의 고백 말이다.

"늦었네."

그런데 시청각실에 가 보니 우리 반 리리와 4반 진철이도 와 있었다. 진우와 내가 단독 대표인 줄 알고 있었는데 다른 팀도 있었던 것이다. 시청각실로 들어서는 나를 향해 리리가 손을 흔들었다. 나는 눈빛만으로 리리 인사를 받았다. 그런데 왠지 꺼림칙한 기분이 들었다. 찜찜한 기분으로 뒤를 돌아보았다. 아니나 다를까, 진우가 손을 흔들고 있었다. 그랬다. 리리는 나를 보고 인사한 게 아니었다. 갑자기 어두운 그림자가 와락 나를 덮쳤다.

"팀을 좀 바꿔 봤어."

영어 교담선생님은 리리와 진우를, 진철이와 나를 한 팀으로 묶었다. 회화가 유창한 아이들을 각기 한 명씩 따로 팀에 배치하는 게 좋을 것 같다고 했다.

나는 팀을 다시 나눈 후부터 연습을 제대로 할 수 없었다. 도통 입이 열리지 않았다. 선생님이 눈치를 줘도, 진철이가 인상을 찌푸려도 내 시선은 자꾸만 리리와 진우에게 꽂혔다. 내 귀는 오로지 그 둘의 소리에만 열려 있는 듯했다.

"너, 정말 잘한다. 멋지다."

바로 코앞에 있는 진철이 목소리는 귀에 하나도 들어오지 않는데, 저만큼 떨어져 앉은 코맹맹이 리리 목소리만큼은 확성기에 대고 말하는 것처럼 크게 들렸다. 진우는 리리가 칭찬할 때마다 얼굴을 붉혔다. 미칠 것 같았다. 붉으락푸르락 달아오른 선생님 얼굴도, 나 때문에 심통 난 진철이 얼굴도 정말 내 눈엔 하나도 들어오지 않았다. 확대경으로 보는 것처럼 오로지 진우와 리리 얼굴만 선명히 보였다.

여기서 끝이 아니었다. 리리와 진우, 그리고 내가 연습을 끝내고 교실로 돌아가자 담임 선생님이 중간고사 결과를 발표했다.

"이번 1학기 중간고사는 리리가 우리 반 1등이다."

리리가 1등이라니!

집으로 돌아가는 길은 허탈하기만 했다. 정말 내 생애 최악의 날이었다.

다음 날이었다. 진우와 리리가 짝을 지어 시청각실로 가고 있었다. 몇 발자국 뒤에 내가 있다는 걸 아는지 모르는지 리리는 진우를 보고 연신 생글거렸다. 리리 고개가 살짝 꺾여 진우 얼굴에 고정되어 있었다.

시청각실에 거의 다다랐을 때였다.

"진우야, 너는 나 축하 안 해 줘?"

"뭘?"

"나 1등 했잖아."

"아, 그거."

진우와 리리가 속닥거리느라 걸음을 늦추었고, 나는 하릴없이 둘의 히득거림을 엿듣는 신세가 되고 말았다.

"축하해."

진우가 아주 작은 목소리로 말했다.

진우의 뒤통수만 보고 있는데도 빨개진 진우 얼굴이 보였다. 나는 감히 그 둘 사이를 뚫고 지나갈 용기가 없었다. 그런 나를 리리가 힐끗 뒤돌아보았다. 티 내면 나만 더 볼썽사나워질 것 같아 마음을 다잡고 뒤돌아서 화장실로 걸어갔다.

"리리야, 너 먼저 들어가 있어. 화장실 갔다 갈게."

내가 문을 열고 막 화장실로 들어가고 있을 때였다. 등 뒤에서 진우 목소리가 들려왔다. 갑자기 가슴이 마구 두근거렸다. 이 기회를 놓쳐선 안 된다고 누군가 내 귀에 대고 벼락같이 외쳐 댔다. 네가 얼마나 진우를 좋아하는지 꼭 말해야 돼. 남친이 되어 달라고 당당히 말하란 말이야. 남자 화장실로 들어가는 진우 뒤로 리리가 보였다. 다행히 리리는 시청각실로 들어가고 있었다.

하지만 바보같이 나는 아무 말도 하지 못했다. 여자 화장실 문 앞에 서서 진우가 나오기만을 기다렸으면서 끝내 아무 말 못 했다. 리리는 나보다 훨씬 더 예쁘잖아. 게다가 걘 1등이잖아. 진우 발소리가 다가올수록 온갖 핑계와 변명들이 나를 머뭇거리게 했다. 진우가 화장실 문을 열고 나오는 기척에 나는 모퉁이로 숨어 버리기까지 했다.

"어디 가, 금방 선생님 오실 텐데."

바보 같은 내 모습에 화가 나 터덜터덜 시청각실로 가고 있는데, 진우 목소리가 다시 들려왔다. 고개 숙이고 걷던 나는 번쩍 고개를 치켜들었다. 바로 그 순간이었다. 나는 붙박이가 되어 버렸다. 진우가 누군가에게 말을 건넨 그 순간, 내게 진우의 목소리가 들려온 바로 그 순간, 진우와 리리가 시청각실 뒷문을 경계로 입을 맞추었기 때문이다. 진우와 리리의 길고 긴 입맞춤. 진우는 주문에 걸린 것처럼 움직임 하나 없이 그냥 서 있었다.

"진우야, 나, 너 많이 좋아해."

리리의 속삭임이 내 귓속을 파고들어 왔다.

리리가 다시 진우 입에 제 입술을 살짝 갖다 대고 있었다. 보지 말아야 할 것을 본 사람처럼 나는 황급히 뒤돌아서고 말았다. 서 있기 힘들 정도로 다리가 후들거렸다.

5

"뭐야, 너?"

"다음에. 다음엔 꼭 갈게."

"너 이렇게 계속 배반 때릴래?"

재영이가 걸음을 우뚝 멈추고서 나를 노려보았다.

엄마에겐 수행 평가 때문에 늦을 거라고 둘러댔기 때문에 걸릴 염려는 없었다. 하지만 아무리 생각해도 아닌 건 아니었다. 나는 인라인스케이트장이 있는 8층 건물 앞에 서자마자 갑자기 생각을 바꾸었다.

"조민지, 이런 식이면 너랑 절교야. 이틀 연속으로 베프를 생까냐?"

"미안하다니까. 이 언니가 뽀뽀라도 해 줄까?"

나는 진짜로 뽀뽀라도 할 것처럼 재영이에게 달려들었다. 재영이가 나를 밀쳐 냈다. 밀쳐 내는 재영이 손엔 힘이 제법 실려 있었지만 얼굴엔 벌써 웃음이 돌아 있었다. 재영이는 한없이 넓은 아량을 가진 진짜 끝내주는 내 '베프'였다.

막판에 날 뒤돌아서게 한 건, 아빠였다. 어젯밤 내 방에서 보았던 아빠 표정이 갑자기 생각났다. 성적표에 대해 그 어떤 말도 듣지 못한 상태에서 이런 일까지 들킨다면……. 마음 놓고 제대로 놀지 못할 성싶었다. 아무래도 찜찜해 가지 말자는 결심을 하고 나자 오히려 마음이 편했다. 나는 재영이에게 제대로 한번 쏘겠다는 약속을 곱빼기로 하고선 집을 향해 걸었다.

나는 번호 키를 누르려다 말고 현관문을 밀었다. 고장 난 것인지 문이 제대로 닫히지 않은 채로 살짝 열려 있었다.

"내가 무슨 말을 했다고 그러는 거야?"

신발을 벗고 안으로 들어가려는 순간, 아빠 목소리가 덥석 내 발목을 잡았다. 이 시간에 아빠가 집에 있어 다소 의외였다. 그런데 더 의아스러운 건 아빠 목소리였다. 아빠의 거친 목소리에 나는 그냥 걸음을 멈추고 엉거주춤 서 있었다. 아무래도 분위기가 심상치 않았다. 현관 턱에 발만 걸치고 서서 나는 붙박인 듯 한참을 서 있었다.

"그런 식으로 사람들 앞에서 말하지 말라고 했잖아. 당신 눈엔 내가 아무것도 모르는 사람처럼 보이겠지만 나도 다 알아. 나도 당신이 나를 얼마나 무시하는지, 얼마나……."

이번엔 엄마 목소리였다. 엄마 말끝이 추 하나를 매달고 있는 것처럼 무겁디무거웠다. 엄마는 애써 화를 누르고 있었다.

"내가 언제?"

엄마 말이 불쾌하다는 듯 아빠가 발끈 엄마 말을 끊어 버렸다.

"관둬, 관두자고."

다시 엄마 목소리가 이어졌다. 식탁 의자를 끌어내 앉는 소리가 연이어 함께 들려왔다. 나는 천천히 걸음을 옮겼다. 끼어들지 말아야 할 상황으로 들어가는 것 아닌가 싶기도 했지만 어차피 뒤돌아 나갈 수도 없는 처지였다. 의자 달그락거리는 소리가 계속 들려왔다.

"말 나온 김에 그럼 나도 한번 말해 볼까?"

아빠 목소리가 날카로웠다.

"당신이 제대로 한 게 뭐 있어?"

아빠 목소리엔 비웃음이 묻어 있었다.

성큼, 한 발만 내딛으면 주방 입구에 가 닿을 위치였지만 힐난과 조소가 뭉뚱그려져 있는 아빠 말투에 나는 그만 다시 발목을 붙잡히고 말았다. 나는 벽 쪽으로 몸을 밀었다. 가슴에서 작은 북이 울려 대기 시작했다.

"민지 문제만 해도 그래."

연이어 아빠 목소리가 또 들려왔다.

내 문제라니? 내게 무슨 문제가 있다는 거지? 덜컥, 가슴이 내려앉으며 머리가 띵했다. 나는 나도 모르게 뒷걸음을 쳤다.

"잘했잖아. 그 정도면 됐어. 어떻게 당신이 원하는 만큼 잘할 수 있겠어?"

다시 엄마 목소리가 들려왔다.

"내가 원하는 만큼? 내가 원하는 만큼이 어느 정돈지 당신이 알기나 해? 그딴 식으로 해서 뭘 할 수 있겠어? 그딴 식으로 해서 제대로 살아가기나 할 것 같으냐고?"

아빠 목소리가 높아졌다.

나는 뒤통수를 제대로 한 대 얻어맞은 기분이었다. 기대에는 미치지 못하더라도, 그렇더라도 나를 두고 저런 식으로 말하다니. 적어도 아빠는 늘 우중충한 모습으로 나를 옥죄는 엄마와는 조금 다를 거라 생각했는데. 아니, 아빠는 나를 조금은 이해하고 있다고 생각했는데.

"그만해. 노력하고 있는 애한테 더 이상 무슨 말을 어떻게 하란 말이야?"

엄마가 의자에서 일어서는지 의자 밀리는 소리가 길게 들려왔다. 엄마 목소리엔 대화를 그만두고 싶어 하는 절박함이 깃들어 있었다.

"노력?"

아빠가 비아냥거리듯 다시 말했다.

"이 정도가 노력이야?"

또다시 아빠 목소리였다. 아빠 목소리에서 이젠 쇳소리가 났다. 차디찬 쇳소리였다. 동시에 종이 한 장이 내쳐지듯 휙 날아왔다. 내 시선도 자연스레 펄럭이는 종이를 따라갔다. 팔랑팔랑, 힘을 잃은 종이가 바로 바닥으로 떨어졌다. 나도 모르게 얼굴이 화끈 달아올랐다. 바닥에 안착한 종이엔 내 이름이 또렷이 적혀 있었다.

"그뿐인 줄 알아? 민지가 지금 무슨 짓을 하고 다니는 줄 알기나 하냐고? 경쟁이니 뭐니, 저보다 어린애들도 다들 발버둥 치고 있는데. 뭐, 인라인스케이트? 남자 친구? 그런 데에 정신 놓고 다닐 때냐고, 지금이?"

아빠가 소리를 질렀다.

"이제 정말 그만해. 당신이 여러 가지 문제로 힘든 건 알지만……."

엄마 목소리가 다시 들려온 건 한참 후였다.

"시끄러워. 왜 지금 그런 이야길 하는 거야?"

아빠가 엄마 말을 댕강 자르며 소리쳤다. 아빠 목소리에서 당장 뭐라도 베고 말 것 같은 서슬이 느껴졌다.

"여보, 그러지 말고……."

"무슨 말을 하려는 거야? 당신은 민지 단속이나 잘하라고. 사람 노릇 하게 만들란 말이야!"

아빠가 엄마 말을 또 끊으며 소리를 쳤다.

사람 노릇? 단속? 나는 심한 욕지거리를 들은 기분이었다. 바닥에 내팽개쳐진 내 이름을 내려다보자 부들부들 몸이 떨려 왔다.

"당신이 못 하겠다면 내가……."

아빠 목소리와 함께 발소리도 들려왔다.

하지만 나는 꼼짝하지 않고 그냥 그 자리에 서 있었다. 아빠가 바닥에 떨어져 있는 내 성적표를 집어 들고 일어설 때까지 나는 꼼짝하지 않았다. 나를 발견한 아빠가 흠칫 놀랐다. 아빠는 나와 눈이 마주치자 잠시 움찔하는 것 같았다. 하지만 무슨 상관이란 말인가? 놀람이건 곤혹스러움이건 아빠 마음 따윈 이젠 이해하고 싶지 않은데. 아빠를 노려보는 내 눈에서 불이 뿜어져 나왔다.

"언제 온 거니?"

거실로 걸어 나온 엄마가 나를 발견하고 혼잣말하듯 물었다. 물론 내 대답을 듣자고 묻는 건 아니었다.

나는 아빠를 계속 노려보며 아빠 곁으로 다가갔다. 아빠는 나를 그냥, 빤히 바라보고만 있었다.

"무슨 짓이니?"

엄마가 소리치듯 말했지만 이미 내 손엔 아빠 손에서 낚아챈 내 성적표가 들려 있었다. 절반 넘게 찢겨 나간 성적표를 들고서 나는 뒤돌아 내 방으로 갔다. 다시는 아빠 얼굴 따윈 보고 싶지 않았다.

방으로 들어왔지만 도무지 진정이 되지 않았다. 가슴에서 요동쳐 대는 찌무룩한 마음을 태워 버릴 수만 있다면 찌꺼기 하나 없이 전부 태워 버리고 싶었다.

재영이 생각이 났다. 그래, 내겐 재영이가 있어. 책가방을 아무렇게나 내던지고 곧장 재영이에게 전화를 걸었다. 신나게 놀아 보는 거야. 모든 걸 잊어버리고 씽씽. 재영이는 한참 후에야 전화를 받았다. 시끄러운 음악 때문에 재영이 말이 잘 들리지 않았다.

"내일 가자니까, 내일! 사복 챙겨 와. 사복!"

숨차 죽겠는지 재영이는 연신 쌕쌕거려 댔다. 나는 수화기에 대고 악을 썼다. 엄마 아빠가 들으라고 일부러 더 크게 소리를 내질렀다. 그래도 가슴은 시원해지질 않았다.

다음 날 아침이었다. 문을 열고 나가자 거실 탁자 한가운데에 반쪽짜리 내 성적표가 놓여 있었다. 아침을 준비하고 있던 엄마가 기척을 듣고 내게 다가왔다. 엄마는 얼른 성적표를 집어 들었다. 엄마 손끝에서 물방울이 뚝뚝 떨어졌다.

"사인해 줄까?"

엄마가 물었다. 나는 대답하지 않고 엄마를 외면해 버렸다. 이 따위 성적표 때문에 한껏 들떠 있었다니. 그런 나 자신이 한심하고 한심해 당장 어디에라도 숨고 싶었다. 도망치듯 화장실로 들어갔다. 대강 얼굴만 씻고 나와 방으로 갔다. 찬물의 상쾌함도 엿 같은 기분을 되돌려 놓지 못했다. 더 이상 이런 식으로 내 기분을 망치고 싶지 않았다. 엄마 아빠 생각 따위, 어제 일 따위, 그리고 내 성적표 따위 이젠 내 머릿속에서 깨끗이 지워 버려야 했다. 가방을 챙겼다. 나는 옷장 서랍에서 몸에 딱 달라붙는 스판 티셔츠와 체크무늬 치마를 꺼내 책보다 먼저 가방에 넣었다.

베란다에 나가 있는 엄마는 내가 방에서 나오는 것도, 현관을 나서는 것도 알아채지 못했다. 현관문을 닫고 밖으로 나오자 졸아들어 있던 숨구멍이 펑 소리를 내며 열렸다. 사이다라도 들이켠 것처럼 그제야 속이 시원했다.

학교 끝나기가 무섭게 재영이를 재촉해 바로 인라인스케이트장으로 튀었다. 스케이트장 출입문을 열자 음악이 쏟아져 나왔다. 지축을 흔드는 소리였다.

"와, 엄청나다!"

스케이트장 바닥이 흔들렸다. 음악이 내 안까지 파고들어와 드럼 치듯 심장을 두드려 댔다. 떨어내려 해도 떨쳐지지 않던 생각, 머릿속에 박혀 있던 생각들이 통째로 사라지는 듯했다. 나는 이 소란함과 번잡함에 그저 숨고만 싶었다. 어서 트랙으로 들어가 빙충맞은 나를 감추고 싶었다.

나는 재영이 팔목을 움켜잡았다.

"뭐라고?"

재영이가 내 귀에 대고 악을 질러 댔다. 하지만 하나도 알아들을 수 없었다.

"너, 탈 줄 알지?"

재영이 말을 겨우 알아듣고 나는 바로 고개를 내저었다. 타 보긴 했어도 벌써 몇 년 전의 일. 솔직히 웃음거리가 되지 않을까, 걱정부터 앞섰다. 트랙을 달리는 아이들은 날개를 단 것 같았다. 나는 재영이 팔목을 더 세게 움켜잡았다. 재영이는 입술을 삐죽거리더니 내 손을 뿌리쳤다. 따라오라는 듯 손을 까닥거리며 저 먼저 앞서 걸어가기 시작했다. 여러 번 와 본 사람처럼 재영이는 인라인스케이트화가 진열된 곳까지 단번에 걸어갔다. 재영이가 제 것과 내 스케이트화를 주문하는 사이 나는 먼눈으로 트랙을 살펴보았다. 드문드문 우리 학교 교복을 입은 아이들이 눈에 뜨였다. 모두 다 능숙하게 인라인스케이트를 타고 있었다. 그중 익숙한 얼굴도 몇 명 있긴 했다.

나는 재영이가 건네주는 스케이트화를 신었다. 발에 돌덩이를 동여매는 기분이었다.

"신고 있어. 한 바퀴만 먼저 돌고 올게."

"야아, 나 잘 못 탄……."

몸이 근질거려 기다릴 수 없는지 재영이는 스케이트화를

꿰신자마자 트랙으로 들어가 버렸다.

스케이트화를 신긴 했어도 나는 아직 중심조차 못 잡고 있었다. 난감했다. 생각 같아선 무겁디무거운 이놈의 스케이트화를 당장이라도 벗어 던지고 싶었지만, 이미 대여점에 신발까지 맡겨 놓은 터라 어쩔 수 없었다.

에어컨이 틀어져 있는데도 비질비질 땀이 흘렀다. 입안이 바싹 말라서 마른침만 계속 나왔다. 목이 말랐다. 뽀글뽀글 솟아오르는 사이다 기포로 목을 축이고 싶었다. 이럴 줄 알고 준비해 온 비상금이 있었다. 나는 맞은편 매점을 향해 비틀비틀 걸었다. 매점까지 걸어가는 동안 나는 두 번이나 엉덩방아를 찧었다. 멀리 스케이트를 타는 재영이가 보였다. 재영이는 누군가와 히득거리며 신 나게 트랙을 누비고 있었다. 얄미운 계집애.

나는 사이다의 청량감을 떠올리며 치마 주머니 깊숙이 손을 밀어 넣었다. 어, 어! 그런데 돈이 없었다. 아까 넘어질 때 빠뜨린 것은 아닐까? 나는 얼른 지나온 길을 눈으로 훑기 시작했다.

그때, 저쪽 바닥에 떨어져 있는 종잇조각 몇 장이 눈에 들어왔다. 저 종잇조각들 중에 떨어뜨린 내 돈이 분명 있을 것 같았다. 하지만 종잇조각들을 일일이 다 확인해 보지 않고선 돈을 찾을 수 없다. 나는 동아줄을 잡는 심정으로 다시 재영이를 찾았다. 망할 계집애 재영이는 아직도 누군지 모를 아이와 히득거리느라 나 같은 건 안중에도 없었다. 이젠 정말 하는 수 없었다. 나는 입술을 앙다물고 살금살금 오른 발부터 내밀었다.

꽈당. 스케이트화는 인정사정 두지 않고 나를 다시 내동댕이쳐 버렸다. 채 한 걸음도 내딛지 못하고 엉덩방아를 찧었다. 몇 년 전이긴 해도 스케이트를 제법 타던 나인데. 다급하고 불안한 마음 탓인지 당최 몸이 말을 듣지 않았다. 그렇다고 이대로 그냥 주저앉아 있을 수는 없다. 나는 다시 비칠비칠 움직였다. 하지만 한 발을 내딛자마자 다른 쪽 발이 도망치듯 미끄러지고 말았다. 헉, 여지없이 스케이트화는 이번에도 나를 바닥에 처박아 버렸다. 정말 미치고 환장할 노릇이었다.

"이거 네 거니?"

내가 겨우겨우 기둥을 잡고 일어섰다가 다시 또 넘어졌을 때였다. 만 원짜리 지폐 한 장이 스윽, 내 앞에 보였다. 만 원은 내가 접은 그대로 곱게 접혀 있었다. 나는 당장 내 돈을 확 낚아챘다. 행운이었다. 절망의 수렁에서 나를 건져 준 행운. 나는 그 행운을 향해 고개를 번쩍 들었다.

그런데 고개를 든 순간, 모든 것이 고요해졌다. 아니, 그 상태 그대로 정지된 듯싶었다. 나는 숨을 멈췄다. 민우가 얼굴 하나 가득 미소를 머금은 채 나를 내려다보고 있었다. 민우가 나를 향해 대뜸 손을 내밀었다.

"괘, 괜찮은데."

민우 손을 붙잡으며 내가 뱉어 낸 말은 겨우 이 한 마디였다. 먼저 고맙다고 말해야 한다는 것조차 나는 까맣게 잊고 있었다. 순간적으로 머릿속이 텅 비어 버린 듯했다.

"너 3반이지?"

간신히 중심 잡고 서 있는 나를 보고 민우가 다시 물어 왔다. 나는 고개를 끄덕였다. 그 와중에도 내 얼굴이 너무 상기되어 있는 건 아닌지, 걱정되었다. 나를 촌스러운 아이라고 생각하면 어떻게 하지, 싶었다. 하지만 그보다 더 크게 내 가슴을 두방망이질 쳐 대는 건 솔직히 말해 설렘이었다.

내가 3반이라는 걸 민우가 알고 있다는 사실에 나는 무척 놀라고 있었다. 우리 학교 '킹카'인 민우가 나를 알고 있다니. 내 심장 소리가 이젠 음악보다 훨씬 크게 들려왔다. 내가 스케이트장에 들어섰을 때부터 민우는 나를 지켜보고 있었을지도 몰라. 그래서 득달같이 내게 달려올 수 있었던 거겠지? 갑자기 얼굴이 확 달아올랐고, 매운 고추라도 삼킨 것처럼 속까지 홧홧했다.

"혼자 왔어?"

"아, 아니, 저기……."

나는 간신히 대답하고 트랙으로 고개를 돌렸다. 민우도 내 시선을 좇아 트랙을 바라보았다. 힐끗, 나는 민우 옆모습을 훔쳐보았다. 이상하게 민우 얼굴 위로 진우 얼굴이 겹쳐 떠올랐다. 진우와 꽃피우지 못한 사랑이 이런 식으로 다가오는 것 아닌가 싶었다. 나는 행운이라고밖에 말할 수 없는 이 기회를 절대 놓치고 싶지 않았다. 어떻게든 민우와 말을 이어 가야 한다는 생각이 불기둥처럼 솟아올랐다.

"누구?"

민우가 되물었다.

마침 나와 눈이 마주친 재영이가 손을 번쩍 들어 아는 척을 해 왔다. 나도 손을 들어 재영이를 불렀다. 재영이가 서서히 트랙 밖으로 빠져나왔다. 재영이가 뒤돌아보며 누군가에게 손짓을 해 댔다. 늘씬한 여자아이가 재영이 뒤로 바싹 붙어 서는 게 보였다. 민우와 내 시선은 자연스레 그 여자아이에게로 가 꽂혔다.

"리리잖아."

민우가 혼잣말을 했다.

리리라고? 나는 놀랐다. 재영이 뒤에 있는 아이가 리리라는 것도 놀랍고, 민우 입에서 리리라는 이름이 흘러나온 것도 놀라웠다. 그런 나를 아랑곳 않고 민우는 다가오는 둘을 향해, 아니 리리를 향해 벌써 몇 발자국 나아가 있었다. 싱

긋 미소 짓고 있는 민우 옆모습이 내 곁을 스쳐 지나갔다. 아, 갑자기 아득해지기 시작했다. 딱지 뒤집히듯 모든 것이 다시 뒤바뀌었다. 팽팽하게 나를 묶어 세워 주던 긴장이 일순간 스르르 풀리면서 와장창, 유리 부서지는 소리가 들렸다. 내 안에서 들려오는 소리였다.

"언제 온 거야?"

트랙 밖으로 밀려 나오고 있는 리리를 보고 민우가 소리를 질렀다.

"30분이나 기다렸는데 네가 안 와서 막 전화하려던 참이었어."

민우는 계속 리리만 보고 소리를 질러 댔다.

리리는 속력 때문인지 쉽게 멈추지 못하고 쭉 밀려 났다. 민우가 놀란 듯 얼른 리리를 붙잡았다. 아니, 살짝 안았다. 리리는 그런 민우가 귀찮은지 민우를 밀쳐 냈다. 나를 바라보는 리리 얼굴이 더할 나위 없이 해맑고 화사해 보였다. 리리가 윗니를 살짝 드러내고 웃었다. 내 온몸으로 소름이 확 돋아 났다.

"민지야, 리리 알지? 리리 얘, 진짜 쩐다. 며칠 전에 전학 온 애가 붙임성 좋게 먼저 아는 척하는 거 있지? 넘어지지 않으려고 난, 정신이 하나도 없는데 말이야."

재영이가 호들갑을 떨지 않았더라면 당황한 내 표정조차

수습하지 못했을 것이다. 재영이는 그제야 민우의 존재를 알아차렸는지 눈을 커다랗게 뜨고 민우를 바라보았다. 하지만 그러곤 그만이었다. 평소 남자에 별 관심 없는 재영이는 민우란 존재에 이내 심드렁해져 다시 리리만 보고 생글거렸다. 그사이 리리가 내 곁으로 다가왔다. 깨진 유리 조각들이 내 이곳저곳을 마구 찔러 대기 시작했다.

“민지 맞지? 나 모르겠어? 처음엔 나도 긴가민가했는데, 자세히 보니 너 맞더라.”

긴가민가했다고? 나를 몰라봤다고? 그런 리리가 역겨웠지만 내색할 순 없었다. 미소를 짓느라 애써 끌어 올린 입술 끝이 바르르 떨렸다. 나는 간신히 리리와 눈을 맞추었다. 내 남자 친구가 될 뻔했던 진우를 빼앗아 내 앞에서 버젓이 입을 맞췄던 아이. 나보다 공부를 잘해 돋보이던 아이. 나보다 훨씬 예쁘고 늘 당당하던 아이. 자신이 갖고 싶은 모든 것을 언제든 가질 수 있었던 얌체 같은 아이. 그런 너를 내가 어떻게 모르겠니? 그런 너를 내가 어떻게 잊을 수 있겠냐고?

리리의 질문에 나는 고개만 살짝 끄덕였다. 그 와중에도 내 시선은 리리를 샅샅이 훑고 있었다. 리리 치마는 나보다 짧았다. 그래서인지 긴 다리가 유난히 늘씬해 보였다. 분이라도 바르고 온 건지 조명 아래에 선 리리 얼굴은 뽀얗다 못해 하얬다. 볼터치를 바른 것 같은 두 볼은 연분홍빛을 띠고 있어 감싸 쥐고 싶은 충동까지 느끼게 했다. 잘록하게 들어간 허리는 볼록 튀어나온 가슴을 더 돋보이게 했다. 리리는 적이 스무 살은 되어 보였다. 가까이서 보니 나보다 키도 훨씬 더 컸다. 민우는 그런 리리에게서 눈을 떼지 못했다. 비참했다. 리리와 이런 장소에서 이런 재회를 하다니. 너무 기가 막히고 슬퍼서 주저앉고만 싶었다.

"가자."

나는 재영이 팔을 잡아끌었다. 재영이가 의아해하는 표정으로 나를 바라보았다.

"가자니까."

재영이 귀에 대고 다시 재촉했다.

"왜?"

재영이가 내게 잡힌 팔을 빼내며 물어 왔다.

서운했다. 그냥 내가 하자는 대로 따라 주면 안 되는 건가? 베프라면 이유 따윈 묻지 말고 나 하자는 대로 해 줘야 하는 거 아닌가? 하지만 재영이는 리리 곁에 더 바싹 붙어 서더니 생글생글 웃기까지 했다.

"민지야, 너, 민우 좋아하잖아. 만날 민우 보고 침 질질 흘려 놓고선. 좋은 기횐데 넷이 같이 놀자."

물론 민우에게 들리도록 크게 말한 것은 아니었다. 민우는 여자 셋 사이에 섞이기가 멋쩍었는지 조금 떨어져 있었다. 하지만 리리는 들을 수 있을 정도의 목소리였다. 내 얼굴은 당장 불덩어리가 되고 말았다. 나는 재영이를 노려보았다. 리리 앞에서 이 따위로 나불거리는 재영이를 용서할 수 없었다. 아니, 절대 용서하고 싶지 않았다. 나쁜 계집애. 나는 획 돌아섰다. 어서 여기서 빠져나가고 싶다는 생각만 간절했다.

그런데 제길! 채 두어 걸음도 못 가 나는 엉덩방아를 찧고 말았다. 엉덩방아 찧는 소리가 어찌나 요란했던지 주변 아이들까지 나를 보고 웃어 댔다. 심지어는 재영이도 입을 가리고 키득거렸다. 하하하. 호호호. 히득히득. 낄낄낄. 다시 비칠비칠 일어나 걸어 나오는데, 호호거리는 웃음소리가 귀에서 쟁쟁 울려 댔다. 리리 목소리도 그 속에 섞여 있겠지. 리리 웃음소리가 내 온몸을 휘감기 시작했다. 나는 몇 걸음 못 가 또다시 넘어지고 말았다.

6

스케이트장을 나와서도 엉덩방아 찧는 내 모습만 계속 떠올랐다. 나는 스케이트 장 옆에 있는 공원 화장실에서 옷을 갈아입었다. 아무것도 하고 싶지 않았다. 그저 내 방으로 돌아가 베개에 얼굴을 처박고 울고만 싶었다.

집엔 아무도 없었다. 고요한 집이 나를 위로해 주었다. 차라리 민우를 만나지 않았더라면. 민우가 나를 알아보지 못했더라면. 아니, 스케이트장에 가자는 재영이 말을 처음부터 듣지 않았더라면. 하지만 후회한다고 해서 이미 일어나 버린 일을 돌이킬 순 없다.

나는 엠피쓰리를 크게 틀어 놓고 침대에 벌러덩 누웠다. 갑자기 리리를 보고 미소 짓던 민우 얼굴이 떠올랐다. 둘이 무슨 사이길래 그토록 다정한 미소를 나누는 걸까? 신경질적으로 베개에 얼굴을 파묻자 숨이 헉 막혀 왔다. 짧은 치마가 잘 어울리던 리리. 5학년 때보다 키도 더 크고 더 많이 예뻐진 리리. 민우 얼굴 위로 리리 얼굴이 자꾸만 겹쳐져서 견디기 힘들었다. 나는 더 깊숙이 베개에 얼굴을 처박아 버렸다.

띠링띠링, 경고라도 하듯 핸드폰이 울렸다. 내가 받을 때까지 성가시게 할 것처럼 핸드폰이 집요하게 울렸다. 계속 징징거려 대는 핸드폰을 주머니에서 꺼냈다. 재영이 이름이 떠 있었다. 짜증이 확 돋았다. 받고 싶지 않았다. 나는 핸드폰을 던져 버렸다. 핸드폰이 둔탁한 소리를 내며 방바닥에 떨어졌다. 그래도 핸드폰은 울음을 그치지 않고 계속 징징거려 댔다.

그때 별안간 민우 얼굴이 치고 올라왔다. 그래, 민우와 리리 관계를 알려면 재영이 전화를 받아야 해. 혹시 별 사이도 아닌데 내가 오해하고 있는 건지도 모르잖아. 불쑥 솟아난 어이없는 희망에 나는 벌떡 몸을 일으켜 세웠다. 재빨리 핸드폰을 집어 들고 통화 버튼을 눌렀다. 핸드폰 밖으로 시끄러운 음악이 쏟아져 나왔다.

"민지야, 화났어? 그렇다고 가 버리냐? 어쨌든 미안해."

재영이는 다짜고짜 사과부터 했다. 어이가 없었다. 나는 아무 말 하지 않고 재영이의 다음 말을 기다렸다.

"그냥 넷이 어울려 놀면 재미있을 것 같아서 그랬던 건데. 그런데 너, 지금 어디냐? 이 언니가 당장 달려갈게."

재영이 목소리가 진심인 듯 간절했다.

"그럴 필요 없어. 나, 집에 왔어."

"너 진짜 화 많이 났구나. 리리도 걱정 많이 하고 있어. 리리랑 너네 집에 갈까? 민우도 여태 같이……?"

이것들이 점점. 궁금했던 마음이 사그라지며 열이 뻗쳐 올라왔다. 두말 없이 나는 핸드폰을 꺼 버렸다. 아주 잠깐, 이런 내 마음, 이런 내 사정 따위를 알 리 없는 재영이가 황당해하리란 생각이 들긴 했지만 도저히 참아지지 않았다. 그때, 밖에서 현관문 열리는 소리가 들려왔다.

"어, 민지 왔네?"

현관에 부려 놓은 내 가방을 본 건지 엄마가 말했다.

나는 침대에 누워 눈을 감았다. 모든 게 다 귀찮았다.

"무슨 음악 소리가 이렇게 커? 민지는 학원에 가 있어야 할 시간 아닌가?"

아빠 목소리도 들렸다. 웬일이지, 이 시간에. 아빠는 회사에 있어야 할 시간이었다. 나는 반사적으로 벌떡 일어났다.

"민지야, 아빠 들어오셨다. 인사해야지."

엄마가 청하지 않더라도 일단은 밖으로 나가, 하는 척이라도 해야 했다. 두 번 다시 내 방에서 아빠와 대면하는 상황을 만들고 싶지 않으니까 말이다.

방문을 열자 뒤통수에 음악이 따라붙었다. 깜빡 잊고 엠피쓰리를 끄지 않다니……. 음악은 내가 스피커라도 되는 양, 이제 나를 통과해 더 과감히 거실로 퍼져 나갔다. 아빠가 얼굴을 찡그렸다. 못마땅한 듯 나를 쳐다보던 아빠 시선이 화살표를 그으며 내 방 쪽으로 옮겨 갔다. 얼음장처럼 차가운 아빠 눈빛 때문이었을까? 대번에 내 얼굴도 싹 굳고 말았다. 나는 주먹을 말아 쥐었다. 엄마가 그런 나를 보고 눈을 씀벅거렸지만 엄마 심정 따위를 헤아릴 여유가 내겐 없었다. 상자 안에 갇힌 것처럼 울컥, 답답함이 밀려들었다.

"어디 아프니?"

엄마가 물었다.

"병원엔 안 가 봐도 되겠어?"

나는 엄마 말에 성의 없이 고개만 끄덕이고 주방으로 걸어갔다. 소파 가죽 구겨지는 소리가 들려왔다. 끄응, 흠, 흠. 헛기침 소리도 들려왔다. 아빠가 소파에 앉아 신문을 펼치고 있었다. 종이 펄럭이는 소리도 함께 들려왔다.

나는 돌덩이 얹힌 것 같은 마음을 다스리려 냉장고 문을 열었다. 얼음이라도 꺼내 와작와작 씹어야 했다. 답답함 때문에 가슴속 불기둥이 솟구쳐 올라오고 있었다. 나는 얼음 담긴 컵을 정수기 주둥이에 쑥, 밀어 넣었다. 그때였다. 나는 하마터면 컵을 떨어뜨릴 뻔했다. 아빠가 내 핸드폰을 들고 내 방 앞에 서 있었다.

"다시는 민지한테 전화하지 마라. 어제도 전화해서 민지 꼬드긴 애가 너지? 다시 또 이런 전화나 문자를 하면……."

아빠가 내 방문 턱에 서서 누군가와 통화를 하고 있었다. 이럴 수가. 지금 무슨 짓을 하고 있는 거지? 대체 누구한테 저 따위 이야기를……. 아빠 손에 들려 있는 건 내 핸드폰이 분명했다.

"너, 재영이라는 애지, 맞지?"

아빠 입에서 재영이란 말이 튀어나왔을 땐 불덩이를 삼킨 기분이었다. 뜨겁다 못해 온몸이 불살라져 버리는 그런 기분. 나는 튕기듯 아빠에게 달려가 핸드폰을 낚아챘다. 모멸감으로 온몸이 부들부들 떨려 오기 시작했다.

"무슨 짓이냐?"

아빠가 착 가라앉은 목소리로 내게 물어 왔다.

"아빠는 무슨 짓이야?"

나는 악다구니를 부렸다.

"그동안 아무 말도 하지 않았다만 성적이 왜 항상 그 모양인지 이제 알겠다. 왜 하는 것마다 그 모양, 그 꼴인지 이제 다 알겠……."

"아악! 아빠가 뭔데, 아빠가 대체 뭔데 이러는 거야?"

나는 다시 벼락같이 소리를 질렀다.

순간, 내 방에 들어와 내 방을 샅샅이 훑던 아빠 시선이 떠올랐다. 7살 때 아빠랑 새벽 수영을 다니다가 너무 힘들어서 포기하자 아빠가 내게 지어 보이던 그 표정도, 수학경시대회에 나갈 적마다 상을 타 오지 못한 나를 바라보던 아빠 표정도, 이 세상에 이겨 내지 못할 건 아무것도 없다고 말하던 아빠 표정도 덩달아 다 떠올랐다.

이제 알 것 같았다. 나중에 잘하면 된다는 아빠의 말은 정녕 위로가 아니었다. 나를 생각해서 하는 소리는 더더욱 아니었고, 그것은 채근이고 압박이고 회초리였다. 내 온몸에 벌건 흔적을 남기고 마는 매섭디매서운 회초리.

주방에 있던 엄마가 달려와 내 팔을 붙잡았다. 나는 엄마 손을 뿌리치고 아빠를 노려보았다. 아빠 얼굴이 점점 흙빛으로 변해 가고 있었다.

시야가 흐려졌다. 엄마 아빠 모습이 흐물흐물, 형체를 잃고 덩어리로 변했다. 미지근한 눈물 한 방울이 볼을 타고 흘러내렸다. 또다시 눈물 한 방울이 흘러내렸다. 줄기를 이룬 눈물방울들이 볼 언덕에 퍼지자, 나는 손바닥으로 그것들을 덮어 버렸다. 거짓투성이 아빠 앞에선 눈물 따위도 이젠 절대 보이고 싶지 않았다.

"웃겨. 웃겨도 너무 웃겨."

볼을 감싸 쥐고 있던 손을 거두며 중얼거렸다. 아빠에게, 아니 아빠 앞에만 서면 한없이 작고 초라해지던 나 자신에게, 리리 앞에서 또다시 모멸감을 느껴야 했던 내 자신에게 나도 모르게 흘린 소리였다.

그런데 그때였다. 따악. 갑자기 불 하나가 눈앞에서 번쩍였다. 아주 찰나였다. 얼마나 무게를 실었는지 몸이 당장 휘청거렸다. 몸만 휘청거린 게 아니었다. 눈앞에 있는 모든 것들이 순간적으로 중심을 잃고 휘청거렸다.

"웃기다고? 내가 우습단 말이지?"

아빠 목소리엔 분노가 하나 가득 담겨 있었다.

픽, 나는 정말 웃고 말았다. 아빠에게 얻어맞은 뺨은 하나도 아프지 않았다. 그저 얼얼할 뿐이었다. 차라리 아팠더라면, 그랬더라면 더 맞기 싫어서라도 아빠에게 마음에 없는 사과부터 했을 텐데. 항상 그랬던 것처럼 고개를 조아렸을 텐데.

"거짓말쟁이, 위선자. 뭐가 잘났다고……."

정말 다 거짓말 같았다. 잘하려고 하면 할수록 추락하는 내 모습도 거짓말 같고, 모든 일에 완벽해 보이는 아빠 모습도 이젠 거짓말 덩어리로 보였다. 리리도, 재영이도, 어쩌면 민우와 진우까지도 다 거짓말 치듯 나를 가지고 논 것이다.

"나도 가만있지 않겠어."

이런 식으로라도 내뱉지 않으면 내 안에 겹겹이 쌓여 가는 실망과 분노, 미움 들을 감당해 낼 수 없기 때문일 것이다. 무엇을 어떻게 하겠단 생각도 없이 말이 제멋대로 툭툭, 터져 나왔다.

딱, 그때 다시 눈앞에 불꽃 하나가 번쩍였다. 아까보다 훨씬 더 커진 불꽃이었다. 엄마의 짧은 비명이 귓속으로 말려 들어왔다. 윙, 귓속에선 이제 냉장고 모터 돌아가는 소리만 들려왔다. 충격이 생각까지 지운 것일까? 갑자기 머릿속이 텅 비어 버린 기분이었다. 아주 잠깐, 나는 정말 아무 소리도 듣지 못했다.

"거짓말쟁이라고? 위선자라고? 어떻게 감히 내게……."

소리를 되찾은 건 한참 후였다. 아빠 목소리가 커졌다 작아졌다 하며 다시 들려왔다. 아빠가 내게 날린 손을 거둔 채, 산처럼 버티고 있었다. 힐끗 훔쳐본 아빠 손바닥이 천장을 향해 있었다. 아빠 손바닥이 벌겠다. 하지만 벌게진 건 손바닥만이 아니었다. 아빠 얼굴도 벌겠고 아빠 목소리도 벌겠다. 아빠는 벌게짐을 주체할 수 없는 듯 부들부들 몸까지 떨었다.

나는 산 같은 아빠를 밀쳐 냈다. 밀쳐 낸다고 쉽게 밀쳐질 아빠가 아닐 텐데도 내 손짓에 휙, 아빠 몸이 돌았다.

내 방으로 걸어갔다. 방문을 닫고 방문까지 잠가 버리자 나는 다시 혼자가 되었다. 다 보기 싫었다. 아빠도, 엄마도. 리리도, 재영이도. 나는 침대에 누워 엠피쓰리 볼륨을 최대로 높였다. 음악이 내 방을 통째로 흔들어 대자 침대가 흔들거리기 시작했고, 곧 나도 흔들거렸다. 덜컥거리는 버스를 탄 것처럼 어지럼이 밀려들었다.

7

"야, 너네 아빠, 어떻게 그럴 수 있냐? 네 기분 풀어 주려고 게임 한판 하자고 전화한 건데."

교실에 들어서자마자 재영이가 다가와 다그쳐 댔다. 불쾌

한 듯 말을 뱉어 내는 속도로 재영이 얼굴이 달아올랐다.

“정말 어이가 없…….”

재영이가 여기까지 말하다, 멈췄다. 그러고는 내 얼굴을 힐끗 쳐다보았다. 나는 고개를 숙였다. 다 아빠 때문이었다. 나는 재영이에게 그 어떤 말도 할 수가 없었다.

재영이는 일부러 그러는 것처럼 그날 내내, 리리랑만 어울렸다. 급식도 리리와 먹으러 갔다.

‘아빠 때문에 재영이랑도…….’

처음엔 아빠만 미웠다. 하지만 적의는 급속도로 퍼져 나가 재영이까지 몰아세웠다. 재영이뿐 아니었다. 재영이와 어깨를 나란히 하고 걸어가는 리리, 재영이와 히득거리는 리리를 보자 참을 수가 없었다. 겉으론 아닌 것처럼, 친한 것처럼 번지르르하게 포장해 놓고선 나중에 뒤통수나 치는 족속들. 아빠도, 재영이도. 그리고 리리도……. 속으론 다들 나를 비웃고 있을 터였다.

“안녕? 어젠 잘 들어갔어?”

애써 화를 참느라 걸음을 늦추고 있는데 익숙한 목소리가 들려왔다. 고개를 들었다. 민우가 급식실에서 나오고 있었다. 민우 입이 벙긋 벌어져 있었다. 내 몇 걸음 앞엔 재영이와 리리가 있었다. 민우에게 아는 체를 하느라 리리가 등을 몽긋거렸다. 민우가 리리 가까이에 가더니 리리 어깨를 툭 건드렸다. 웬만큼 친하지 않으면 하기 힘든 제스처였다. 리리도 민우 어깨를 툭 쳤다. 그런 둘 사이에서 어색했는지 재영이가 둘 사이에서 어깨만 으쓱거리고 서 있었다.

잠시 후, 민우가 리리 어깨 너머로 나를 건너다보았다. 아마도 셋이서 내 이야기를 하고 있는 듯싶었다. 비참했다. 거북이라면 등딱지에 얼굴을 집어넣어 버릴 텐데. 나는 민우의 표정을 보고 있을 수가 없어 얼른 고개를 돌렸다. 민우 시선 밖으로 사라지고 싶었다. 그런데 내가 다시 고개를 돌렸을 때, 민우가 나를 향해 손을 들어 보였다. 민우는 씽긋 웃기까지 했다. 나를 향한 느닷없는 손짓과 미소. 무슨 의미일까? 무슨 속셈일까? 갑자기 당황스러워지면서 나를 얕보는 거란 생각이 들었다. 내 이야기 끝에 던지는 웃음이란 뻔할 뻔자라는 생각이 들었다.

리리도 뒤를 돌아보았다. 리리 역시 나를 보고 웃고 있었다. 이번엔 재영이가 뒤를 돌아보았다. 정말 왜들 이러는 거야. 너희들까지 건드리지 않아도 난 지금 엄청 힘들고 슬프거든. 재영이가 어색하기 그지없는 웃음을 내게 지어 보이자 나는 그대로 교실로 돌아와 버렸다.

마지막 수업은 미술이었다. 우리 반은 미술 실습을 하기 위해 별관 2층에 있는 미술실로 이동했다. 2학기 미술 수행평가 작품이기 때문에 아이들은 막바지 작업에 모두들 열심이었다. 나도 사포질만을 남겨 두고 있었다.

"사포 남은 거 있지?"

재영이가 자기 석고 작품을 들고 와서 내게 물었다. 지난 시간까지 재영이는 내 옆에서 작업을 했다. 나는 작업대 위에 놓여 있는 사포를 내밀었다.

"리리랑 같이 할래? 리리가 같이 하자는데."

사포를 건네받으며 재영이가 다시 물어 왔다. 나는 아무 대답도 하지 않았다. 재영이는 한참을 쭈뼛거리다 그냥 돌아갔다. 나중에 힐끗 보니 뭐가 그리 재미있는지 재영이와 리리가 나란히 앉아 히득거리고 있었다.

혼자 앉아 있는 내 작업대 위엔 더 이상 다듬을 필요 없는 환조 작품이 놓여 있었다. 굳이 손을 보자고 부지런을 떨어도 사포질이면 충분했다.

나는 조각도를 집어 들었다. 조각도로 파낼 게 있었다. 나를 비난하던 목소리, 나를 업신여기던 비웃음, 그리고 불편한 얼굴들까지 나는 파내 버려야 했다. 그것들은 얼룩처럼 덕지덕지 내 작품에 더러운 흔적을 남기고 있었다. 나는 조각도로 조각 귀퉁이를 찍었다. 엄지손가락 부분이 여지없이 무너져 내렸다. 엄지손가락을 잃은 석고가 이제 덩어리로만 보였다. 나는 다시 삼각 조각도를 깊이 밀어 넣었다. 석회 가루가 주르르 흘러내렸다. 그러다 문득, 고개를 들었을 때였다. 재영이 귀에 속닥거리고 있는 리리가 보였다. 나는 조각도로 아예 깎여 내려간 엄지손가락 부위를 깊게 파 버렸다.

수업은 길고 지루했다. 나는 한쪽 면이 거의 망가져 버린 조각을 사포로 다듬었다. 이거라도 내지 않으면 수행 평가 점수를 아예 받을 수 없었다. 작업을 마친 아이들이 하나둘 자기 작품을 교탁에 내놓고 미술실을 나갔다. 수업 끝 종이 울리자 미술 선생님이 교실로 돌아왔다. 미술 선생님은 남아 있는 아이들에게 오늘 안으로 작업을 마쳐야 한다고 재촉했다. 오늘 작품을 내지 않는 사람은 점수를 받을 수 없다고도 말했다.

미술 시간 내내 재영이와 속닥거리던 리리는 그제야 서두르기 시작했다. 썰물 빠지듯 거의 모든 아이들이 미술실을 빠져나간 후였다. 얼마 후 미술실엔 결국 리리와 나, 그리고 재영이만 남게 되었다.

"화장실 갔다 올게. 그 안에 얼른 끝내, 얼른."

내가 막 반쪽짜리 조각을 들고 자리에서 일어설 때였다. 앞자리에 앉아 있던 재영이도 자리에서 일어서고 있었다. 재영이 손에는 제 작품이 들려 있었다. 볼일이 급한 모양인지 제 작품을 교탁 위에 올려놓자마자 재영이가 급히 밖으로 나갔다. 화장실을 향해 종종걸음 치는 재영이 발소리가 요란했다.

리리는 정신이 하나도 없어 보였다. 저와 나만 미술실에 남았단 사실도 모른 채, 작업대에 코를 처박고 있었다.

나는 조용히 미술실 뒷문으로 걸어갔다. 고개를 내밀고 밖을 살폈다. 복도도, 바로 옆 과학실도 텅 비어 있었다. 마지막 수업이어서 별관 전체가 고요했다. 발소리를 더욱 죽여 가며 복도를 걸었다. 미술실 앞쪽으로 걸어가는 내 발놀림은 나도 몰래 점점 빨라지고 있었다. 힐끗힐끗 주위를 살피는 것도 나는 잊지 않고 있었다.

미술실과 과학실은 두꺼운 커튼 때문에 늘 어두웠다. 낮에도 형광등을 켜야 할 정도였다. 미술실 형광등 스위치가 어디에 있는지 나는 찬찬히 떠올려 보았다. 기억대로라면 분명히 미술실 앞문 바로 옆 벽, 오른쪽에 붙어 있을 것이다. 천천히, 아주 천천히 나는 그림 그리듯 스위치 주변을 떠올리며 미술실 벽에 몸을 숨겼다. 미술실 안으로 밀어 넣은 내 손이 경련을 일으킨 듯 파르르 떨렸다.

하지만 내 손은 금세 두려움을 잊었다. 적의만을 기억하고 부지런히 스위치를 찾기 시작했다. 더듬더듬. 분명 이 근처가 맞는데. 하지만 까칠한 시멘트 벽만 만져질 뿐. 내 손가락은 정작 스위치를 재빨리 찾아내지 못했다. 그러면서도 더듬기를 멈추지 않는 내 손가락. 저 혼자 살아 움직이는 촉수처럼 내 손가락은 끊임없이 꿈틀꿈틀 움직였다. 아, 그때 가운뎃손가락 끝에 뭔가가 살짝 와 닿았다. 찾았다, 찾았어. 온몸이 사시나무 떨듯 떨렸다. 나는, 아니 내 손바닥은 덮치듯 스위치를 내리눌러 버렸다. 딸각. 짧은 소리와 함께 사방이 어두워졌다. 칠흑 같은 어둠이었다. 어둠 위에 장막을 둘러친 것 같은 어둠.

어둠은 당장 수많은 소리들을 복원시켰다. 내 눈꺼풀이 깜박거리는 소리, 내 목구멍으로 침이 넘어가는 소리, 멀리서 들려오는 슬리퍼 끄는 소리까지. 어둠은 미세한 소리들까지 죄 불러들이고 있었다. 그중 가장 압권은 리리 목소리였다.

"엄마!"

리리 목소리가 어둠을 찢었다.

나는 질퍽하게 고인 침을 꿀꺽 삼켰다. 뭐라도 걸린 것처럼 까슬까슬 목구멍이 불편했다. 그래도 가슴을 누르고 있던 돌덩어리들이 뭉텅이로 쑥 빠져 내려가는 기분이었다. 나는 배설물을 입으로 토해 내듯 훅, 한꺼번에 숨을 뱉었다.

아예 미술실 문까지 닫아 버리고 번호 열쇠를 채웠다. 누구든 미술실에서 제일 늦게 나가는 사람이 문단속을 하는 게 미술실 사용 수칙 중 하나였다. 미술실은 이제 개미 새끼 한 마리 드나들 수 없는 완전 밀폐 공간이 되었다. 나는 뒤돌아 정신없이 걸었다. 엄마, 엄마. 한결 옅어진 리리 목소리가 물건 부딪히는 소리와 함께 계속 들려오고 있었다.

복도 끝, 화장실 앞에 다다랐을 때였다. 손에 묻은 물기를 털어 내며 화장실에서 나오는 재영이가 보였다. 나는 재영이 손목을 다짜고짜 잡아당겼다. 재영이가 아주 잠깐 버둥거렸다. 내 행동이 이상했던 모양이다. 나는 그냥 살짝 웃어 보였다. 평상시 재영이와 나누던 악의 없는 표정 그대로. 내 표정에 마음을 놓은 것인지 재영이가 이내 경계를 풀었다. 재영이가 힐끗 뒤를 돌아보았다.

"가자."

"미술실, 아무도 없어?"

재촉하는 나를 힐끗 쳐다보더니 재영이가 미술실 쪽으로 다시 시선을 던졌다.

"다 갔어."

내가 대답했다.

"리리도?"

재영이가 다시 물었고 나는 고개를 아주 크게 끄덕였다.

불 꺼진 미술실 복도는 어두웠고, 이젠 아무 소리도 들리지 않았다. 내가 다시 잡아끌자 재영이가 이내 쉽게 끌려왔다. 나는 얼른 재영이 팔에 팔짱을 끼었다. 재영이가 고개를 갸웃거리고 어깨를 으쓱이더니 나와 함께 걷기 시작했다.

"저 혼자 그냥 가 버렸네. 웃기네."

재영이의 혼잣말을 듣지 못한 척, 나는 앞만 보고 걸었다.

리리 목소리가 다시 들려온 건 별관 현관 앞에 거의 다다랐을 때였다. 목소리만이 아니었다. 누가 내 옷자락을 잡아당겼다. 리리가 분명했다. 리리가 나와 재영이 사이로 달려와 소리를 지르고 나를 거칠게 흔들어 댔다. 나는 뛰기 시작했다. 뭔가 이상했는지 재영이가 내 팔을 움켜잡았다. 나는 멈추지 않았다.

"왜 그래, 갑자기?"

"무서워서 그래, 무서워서."

내 말에 재영이가 거머리처럼 찰싹 내 옆에 달라붙었다.

"무섭긴 무섭다. 완전 굴속이잖아. 가자, 얼른."

고개를 돌려 별관 건물을 힐끗 올려다보며 재영이가 중얼거렸다.

그렇게 간신히 별관을 벗어났다. 몇 시간 전보다 하늘은 훨씬 더 어두워져 있었다. 나는 미술실을 올려다보았다. 커튼 쳐진 미술실 창이 검은색 도화지처럼 새까맸다. 본관에서는 종례를 마친 아이들이 하나둘 밖으로 빠져나오고 있었다.

집으로 돌아와서도 환청은 나를 계속 괴롭혔다. 눈을 질끈 감아도, 귀를 막아도 환청은 나를 내버려 두지 않았다.

불을 끄면 리리를 가둔 어둠만 생각났다. 머리털이 곤두서고 오소소 소름이 돋았다. 겨드랑이까지 식은땀으로 질퍽거렸다.

8

"선생님, 리리 아직 안 왔어요. 어, 이상하다. 그런데 가방이……."

아침 조회가 끝나 갈 무렵이었다. 반장이 자리에서 일어서더니 말했다. 반장은 뒤늦게 리리 책상 의자에 걸려 있는 책가방을 발견한 모양이었다. 담임 선생님은 반장 말에 아무런 대꾸도 하지 않았다. 아이들이 속닥거렸고 담임 선생님은 교탁 위에 있는 것들을 챙겼다. 그때였다.

"저……."

교실 앞문이 빼꼼 열리더니 낯선 목소리가 열린 문틈으로 새어 들어왔다.

누구지? 누굴까? 내 심장이 금방이라도 튀어나올 것처럼 요동을 쳐 댔다. 어느새 손바닥까지 축축하게 젖어 있었다.

"전화드렸던 리리 이모예요. 리리 가방 가지러 왔는데요."

리리 이모? 가슴이 앞뒤로 벌떡거렸다. 담임 선생님은 몇 걸음 걸어가 리리 이모를 맞았다. 괜찮죠? 많이 놀라서……. 며칠 쉬면……. 직접 찾아와 뵈어야 하는데 언니가 너무 바빠서요. 둘 사이의 대화가 낱낱의 단어로 흩어져 내게로 들려왔다. 한여름인데도 팔에 소름이 돋았다. 리리에게 무슨 일이 있는 걸까? 밤새 나를 잠 못 들게 했던 온갖 상상들이 되살아나서 나는 얼굴을 감쌌다. 두려웠다.

"모르고 실수한 거겠지요. 리리 말처럼 설마 누가 일부러 그런 짓을 했겠어요?"

담임 선생님에게서 책가방을 건네받으며 리리 이모가 말했다. 리리 이모는 아무도 일이 커지는 걸 바라지 않는다고 했다.

리리 이모를 배웅하고 돌아온 담임 선생님의 이마엔 골이 깊게 패어 있었다. 담임 선생님이 굳은 표정으로 출석부를 옆구리에 끼었다. 생각에 잠긴 채 담임 선생님이 교실 앞문을 향해 걸어갔다.

갑자기 딱, 소리가 나서 쳐다보니 담임 선생님이 허리를 굽혀 뭔가를 줍고 있었다. 출석부를 떨어뜨린 거였다. 도대체 무슨 생각을 저리 하는 거야? 리리 이모에게서 무슨 말을 들은 거냐고? 나는 행여 담임 선생님과 눈이 마주칠 새라 책상에 고개를 처박아 버렸다. 불안해 미칠 것 같았다.

1교시 시작 직전이었다.

"나 좀 잠깐 보자."

재영이가 다가와 다짜고짜 내 팔을 잡아당겼다. 일어서지 않으려고 나는, 비텼다. 무슨 말을 하려는 건지, 재영이가 무엇을 물어보려는 건지, 나는 이미 다 알고 있었다. 하지만 다 알고 있는 말을 들을 용기가 정작 내게는 없었다.

하지만 더는 버텨 낼 수 없었다. 주위 아이들이 의심스러운 눈초리로 재영이와 나를 주시하고 있었다. 나는 한 발자국 앞서 걷는 재영이의 뒤통수만 바라보며 교실 밖으로 걸어 나갔다. 먼저 교실을 빠져나간 재영이가 교실을 등진 채 창밖을 내다보고 있었다.

"왜 그랬어?"

재영이가 물었다.

나는 본능적으로 주위를 살폈다. 다행이었다. 아무도 없었다.

"말해 봐. 왜 그랬냐니까."

재영이가 다시 물어 왔다.

나는 대답하지 않았다. 아니, 대답할 수가 없었다. 그 많은 이야기, 내 안에 쌓여 있는 적의와 분노, 그 많은 것들을 어떻게 다 이야기한단 말인가? 말한들 재영이가 이해할 수나 있을까? 나는 나도 모르게 엄지손가락 끝을 자근자근 씹었다. 그런 나를 바라보는 재영이 시선이 묘했다. 화가 난 것 같기도 하고 슬퍼하는 것 같기도 했다. 해석하기 힘든 재영이의 표정 때문에 나는 가슴이 먹먹했다.

"어떻게 그럴 수 있니? 적어도 내겐 그 전에 네 마음을 보여 줬어야지. 그래야 내가 널……."

재영이가 여기까지 말했을 때였다. 수업 시작종이 울렸다. 복도를 오가던 아이들은 한꺼번에 교실로 뛰어 들어갔고, 벌써 복도 모퉁이를 돌아 걸어오고 있는 교과 선생님의 모습도 보였다.

나도 아이들 틈에 섞여 교실로 들어갔다. 재영이는 굳이 나를 붙잡지 않았다. 곧 교과 선생님이 들어와 수업을 시작했고, 재영이는 아직 교실로 들어오지 않고 있었다.

수업 시작 후 10분이나 늦은 재영이는 교과 선생님에게 잔소리를 들어야 했다. 제자리에 앉는 재영이의 표정은 여전히 굳어 있었다. 나는 벼랑 끝에 몰린 기분이었다. 1교시가 끝나자 아이들은 리리에 대한 갖가지 소문을 물고 들어왔다.

"아까 그 아줌마, 5반 민우 엄마래."

"민우랑 리리랑 사촌이라던데? 리리 엄마가 바빠서 리리가 민우네 집 근처로 이사 온 거래. 어쩐지 걔네 둘이 친하더라 했어."

"야, 들었어? 어제 리리 미술실에 갇혔대. 1시간 넘게 갇혀 있다가 미술실 앞문 유리창을 깨고 겨우 나왔다던데."

"스무 바늘이나 꿰맸대."

"그런데 어제 미술실 문은 누가 제일 마지막에 닫은 거니?"

나는 두려워서 견딜 수 없었다. 이제 어떻게 되는 걸까? 리리는? 나는?

나는 수업 끝나기가 무섭게 집으로 돌아왔다. 학원이고 뭐고 갈 엄두가 나지 않았다. 엄마는 어디 외출이라도 나간 건지 현관문을 열었을 때 기척 하나 들려오지 않았다.

그런데 맨발로 걸어도 될 만큼 깨끗이 닦인 현관을 지나 거실로 들어섰을 때였다. 낯선 상자 하나가 거실 탁자에 놓여 있었다. 상자만큼이나 낯선 종이들이 상자 위로 비죽비죽 고개를 내밀고 있었다. 나는 가까이 다가가 상자 안을 들여다보았다. 서류로 보이는 종이 뭉치들과 파일들이 제대로 정리되지 않은 채 함부로 구겨져 있었다. 종이 뭉치에서 얼핏얼핏 아빠 이름이 보였다. 나는 무심히 종이 뭉치 하나를 집어 들어 살펴보다 그냥 던져 버렸다. 종이 뭉치에 적혀 있는 아빠 이름이 지겨웠기 때문이다. 종이에 적혀 있는 아빠 이름이 내 기분을 더 엉망진창으로 만들었다. 생각 같아선 아빠 것이 분명한 이 상자를 당장 뒤집어 버리고 싶었다.

나는 방을 향해 걸어갔다. 그저 숨고 싶은 마음뿐이었다.

아무도 나를 발견하지 못하도록 나를 가둬 두고 싶었다. 방문은 삐거덕 소리조차 내지 않았다. 커튼으로 가려진 방이 굴속처럼 어두웠다. 저 어둠 속으로 들어가면 고요히 사라질 수 있을까? 켜켜이 쌓인 두려움과 무서움이 없어질까? 내가 저지른 일이 감쪽같이 지워질 수 있을까? 방 안으로 한 발을 밀어 넣자 비로소 마음이 편안해지기 시작했다.

방문을 닫으려 할 때였다.

"흑."

낯선 소리가 들려왔다. 기분이 이상했다. 이런 소리가 한낮에 우리 집 안에 들어와 있을 리 없는데. 나는 동작을 멈추고 귀를 열었다. 아무 소리도 들려오지 않았다. 잘못 들은 것이 분명했다. 그것도 아니면 엉망진창인 기분 탓에 환청을 들은 것일 수도 있었다. 나는 다시 성큼, 한 발을 옮겼다.

"흑."

그런데 낯선 소리가 다시 내 발목을 붙잡았다. 흐느낌 같기도 하고 거친 숨소리 같기도 했다. 흑흑. 연이어 들려오는 소리는 어쩐지 점점 더 커지고 있는 느낌이었다. 도대체 누구지, 누가 울고 있는 거야? 처음엔 위아래 층에서 들려오는 소리가 아닌지 의심했다. 간혹 핸드폰 진동 소리라든가, 발소리 같은 것들이 옆에서 들리는 것처럼 들려올 때가 있기 때문이다. 하지만 그렇게 멀리서 들려오는 소리 같지는 않았다. 나는 소리 나는 쪽을 향해 걸었다. 소리는 분명 집 안 어딘가에서 들려오고 있었다.

안방이었다. 안방 문 틈새에서, 괴이하고도 낯선 소리가 점점 또렷이 들려오고 있었다.

설마 그럴 리가? 나는 두려움보다 더 크게 밀려드는 호기심을 주체하지 못하고 안방 문을 밀었다. 열린 틈새만으로는 도무지 형체가 가늠되지 않았다. 나는 문을 더 밀어 보았다. 낯선 소리만큼이나 낯선 뒷모습이 드디어 모습을 드러내기 시작했다.

놀라웠다. 낯선 형체는, 낯선 소리는, 아빠였고 아빠의 것이었다. 아빠 고개가 흔들거리고 있었다. 아빠 어깨가 흔들거리고 있었다. 그리고 아빠 등이 흔들거리고 있었다. 잘못 본 것 아닐까? 나는 손으로 눈을 비볐다. 쇳덩어리 같은 묵직한 아빠의 울음소리가 여전히 아빠 등을 타고 흘러나오고 있었다.

아빠가 어깻죽지를 내려 방바닥에 있는 작은 물체 하나를 들어 올렸다. 소주잔이었다. 찬찬히 지켜보는 내 시선에 아빠의 손이 들어왔다. 엊그제, 내 뺨을 세차게 올려붙였던 아빠의 손. 하지만 내 눈앞에 놓인 아빠의 손은 엊그제의 그 손이 아니었다. 어둠 속인데도 아빠의 손은 실핏줄까지 다 들여다보였다. 아빠의 손은 흡사 노인의 손과 너무도 비슷했다. 순간 나는 내 눈을 의심했다. 아무것도 쥘 수 없고, 아무것도 움켜잡을 수 없는 늙디늙은 노인의 손. 소주잔을 움켜쥐고 있는 아빠의 손이 위태롭게 공중에서 흔들거렸다. 나는 나도 모르게 손으로 입을 가렸다.

소주를 들이켠 아빠가 다시 등을 웅크리고 앉아 흐느끼기 시작했다. 아빠의 등과 어깨가 거친 호흡을 따라가느라 그런지 오르락내리락 계속 진동을 했고, 한참 후 흑 하는 소리와 함께 밑바닥에서 끌어 올린 듯한 울음소리가 터져 나왔다. 그제야 아빠가, 아빠의 뒷모습이 고요해졌다. 아빠는 혼자 있는 어둠 속에서조차 마음대로 울지 못하고 있었다.

믿어지지 않았다. 아빠는 단 한 번도 내게 이런 슬픈 목소리를 들려준 적이 없었다.

믿어지지 않았다. 아빠는 단 한 번도 내게 이런 뒷모습을 보여 준 적이 없었다.

안방 문손잡이를 움켜쥐고 있던 내 손이 저절로 풀렸다. 손에서부터 힘이 빠져나가 내 몸은 곧 지푸라기처럼 무너지고 말았다. 눈물이 주르륵 흘러내렸다. 이유를 알 수 없고 까닭을 알 수 없는 눈물이 지칠 줄 모르고 계속 흘러내렸다. 아빠의 모습이 눈물에 가려 잘 보이지 않았다. 그저 허물어져 내리는 덩어리로 남아 있을 뿐이었다. 낡디낡은 사진처럼 빛 바랜 그림으로 남아 있을 뿐이었다.

나는 주저앉았다. 인기척을 느낀 아빠가 천천히, 아주 천천히 고개를 돌렸다. 역시나 낯설고 낯선 모습. 하지만 분명 내 아빠의 모습이었다. 아니, 아빠를 빼다 박은 듯 닮은 내 모습이기도 했다.

내가 아빠를 바라보았다. 아빠도 나를 바라보았다.

| 작가의 말 |

오랫동안 묵혀 두었던 원고를 다시 꺼내 읽는 일이 고역이었다. 2년 전 글을 써내려 가던 그때보다 더 힘들고 외로웠다. 쓰기 전보다 쓰고 난 후가 더 힘들고, 쓰고 난 후보다 책을 만드는 과정이 더 혹독했던 시간들. 그래서 이번 작업은 내게 참으로 긴 인내와 끈기를 요구했다.

사실 기쁘고 밝은 이야기를 쓰고 싶었다. 5월의 햇살처럼 따사롭기 그지없는 이야기. 햇살 날아든 담벼락에 기대어 온몸이 노곤해지는 그런 이야기를 하고 싶었다.

나는 2년 전 내가 서 있던 지점에서 참으로 많은 절망을 경험했다. 숨 쉴 틈 없이 아이들을 몰아세우는 아비규환의 상황이 연일 계속되고 있었다. 낭떠러지로 내몰린 아이들은 이슬 같은 눈물만 매단 채, 앞으로 나아가지도 뒤로 물러서지도 못하고 있었다. 나 역시 아무것도 할 수 없었다. 아니, 글을 쓰는 것 외엔 아무것도 하지 못했다. 속수무책으로 손을 놓고 있어야 했던 시간들이 그렇게 흐르고 흘러갔다.

하지만 2년 전, 글을 쓰기 시작했던 그 지점으로부터…… 변한 건 아무것도 없다. 많은 아이들이 아파하고 그렇게 많은 아이들이 쓰러져 갔는데도 우리 아이들에게 기쁨을 가르쳐 주어야 할 사회는, 우리 아이들에게 사랑을 먼저 가르쳐 주어야 할 어른들은 변한 것이…… 하나도 없다.

그래서 이 원고를 다시 꺼내 들었는지도 모르겠다. 덮어도 덮이지 않는 절망, 지워도 지워지지 않는 슬픔을 기억하기 위해. 기억함을 통해 가슴 밑바닥에 고여 있는 아픈 것들을 다시 꺼내기 위해. 그것들을 햇볕에 말리고 상처 부위를 도려내기 위해. 어쩌면 이번 작업은 이렇듯 새살, 새날, 새 희망을 만들어 가기 위한 내 나름의 용기이고 도전인지도 모르겠다. 그렇더라도 용기를 내게 된 기저에는 분명, 내가 신앙처럼 믿고 있는 진리 하나가 숨겨져 있다.

나는 새싹의 생명력을 믿는다. 고난과 역경에도 불구하고 얼어 있는 땅을 뚫고 일어나는 강인한 생명력. 제 힘과 의지로 삶을 개척해 나가는 생명의 의지를 굳게 믿고 있기에 나는 분명, 용기를 낼 수 있었다.

나는 사자의 꿈을 안고 사는 상호가 용감하고 멋진 사자로 다시 일어설 것을 믿는다. 제 가슴 밑바닥에 고여 있는 절망을 목격하고 그 절망을 울음으로 뱉어 낼 줄 아는 용감한 민지처럼, 또 다른 민지들이 자신의 문제 앞에서 결코 물러서지 않으며 도망치지 않으리라는 것을 믿고 있다. 재인이처럼, 발부리에 걸려 있는 돌멩이 따위 냉큼 걷어치워 버리고, 아무것도 아니었어, 아팠지만 아무것도 아니었어, 하며 우리 아이들이 햇빛을 향해 말간 웃음을 지어 보일 수 있으리라는 것을 나는 굳게 믿고 있다.

결국은 눈부신 성장을 향해 쉼 없이 나아가는 아이들, 단단하게 제 속살을 채워 가고 있는 우리 아이들의 모습을 보여 주기 위해, 그런 아이들의 모습을 함께 노래하고 이야기하기 위해 이 글을 세상에 내놓게 된 것인지도 모르겠다.

자신의 잘못이 아닌데도 아파해야 하고 자신의 잘못이 아닌데도 절망으로 곤두박질쳐야 하는 아이들. 정말 내가 하고 싶었던 이야기는 이런 절망의 목격담이기보다는 매일, 매시간 한 발짝씩 앞으로 나아가고 있는 우리 아이들의 목소리이고 우리 아이들의 몸짓이다.

이제 졸필임에도 불구하고 부디 나의 이런 소망들이 제대로 전달될 수 있기만을 바란다. 나의 이런 소망들이 왜곡의 나락으로 굴러떨어지지 않고 부디 제대로 전달될 수 있기를. 이 세상의 유일한 꿈이며 희망, 온기인 우리 아이들의 숨결이 고스란히 잘 전달될 수 있기만을……, 바란다.

차가운 겨울, 빈틈을 찾아낸 햇살이 노래처럼 날아든다. 한 줄기 햇살의 온기가 얼어붙어 있는 공간을 채우기 시작한다.

2013년, 겨울 햇살이 환하게 내리쬐는 곳에서

최유정

| 추천의 말 |

고통과 절망으로 부르는 희망의 노래

작가란 자기 생각을 전달하고 싶은 욕망이 누구보다 강한 사람들이라 할 수 있다. 그 욕망이 작품을 쓰게 하는 에너지라 해도 과언이 아닐 것이다. 그래서 작가는 작품 속에 자신의 생각을 표현하고, 독자는 작품을 읽으면서 그 생각을 이해하고 공감하며 감동을 받기도 한다. 작가가 자신의 생각을 표현하는 방법, 그리고 독자가 작품을 이해하는 방법 중 가장 중요하게 초점을 맞춰야 할 부분은 인물이라 할 수 있다. 그중에서도 이야기의 핵심에 위치하는 주인공은 무엇보다 중요하다. 그러므로 작가는 심혈을 기울여 개성적인 주인공을 창조하려고 한다. 독자들은 그 주인공이 어떤 존재인가, 그러니까 주인공이 어떤 생각을 하며 무슨 행동을 펼치는가를 보면서 이야기 속으로 들어간다.

이 작품집의 세 주인공 〈사자의 꿈〉의 상호, 〈흉터〉의 재인, 〈매듭〉의 민지는 모두 독자적인 생각과 행동을 하는 개

성적인 인물들이다. 인물들이 처한 상황과 껴안고 있는 문제가 다르기 때문에 생각과 행동이 각각인 것은 당연하다. 그렇지만 세 주인공 모두에게 해당하는 공통점도 분명하며, 그 점이 이 작품집의 통일성으로 연결된다고 볼 수 있다. 그 공통점은, 작품에 따라 편차는 있지만, 세 주인공 모두 심각한 고통을 겪으면서 캄캄한 절망을 껴안고 있다는 것이다.

〈사자의 꿈〉의 상호는 참혹할 정도의 폭력에 시달리는 주인공이다. 상호는 가정과 학교 모두에서 격심한 폭력을 당한다. 집에서는 아빠가, 학교에서는 재욱이라는 아이가 폭력을 행사한다. 아이의 생활 공간 전부라 할 수 있는 가정과 학교 모두가 폭력의 공간이 되어 버린 상황은, 그만큼 상호가 가혹한 상황에 놓여 있다는 것을 보여 준다. 이런 상호의 유일한 도피처는 컴퓨터 게임 속 공간이다. 상호는 '블러디헌터'라는 게임의 캐릭터가 되어 가상 공간에서 잔혹한 폭력을 행사한다. 이런 폭력의 전이는 상호만 믿는 동생 지민이를 폭행하는 방식으로 표출되기도 한다. 결국엔 상호가 컴퓨터 속으로 빨려 들어가 버리는 결말은, 상호가 겪는 폭력의 고통과 그로 인한 절망을 극적으로 보여 준다 하겠다. 1인칭 시점과 3인칭 시점이 교차하며 전개되는 이 작품은, 최근 일련의 동화와 청소년 소설이 보여 주는 '가혹한 폭력 속의 아동·

청소년'이라는 테마를 강력하게 제시한다.

〈흉터〉의 재인이가 겪는 고통은 제목대로 자신이 가진 흉터에서 온 것이다. 재인이는 어렸을 때 사고를 당해 이마에 흉측한 흉터가 있다. 그래서 앞머리를 길게 내려 흉터를 가려 왔는데, 그만 그 흉터가 드러나면서 아이들이 마구 놀리는 상황 속으로 떠밀려 버린다. 더 큰 문제는 이런 가혹한 고통을 안겨 준 인물이 친한 친구라 믿은 누리라는 데 있다. 믿었던 친구가 가장 아픈 상처를 헤집으며 배신을 하고 만 것이다. 당연히 재인이가 겪는 고통과 절망은 심각할 수밖에 없는데, 이 작품집의 다른 두 작품과 달리, 재인이는 이 고통과 절망에서 빠져나오게 된다. 알고 보니 누리도 팔에 큰 흉터를 갖고 있고, 누리의 행동도 배신이 아니라는 것, 오히려 아이들이 재인이의 긴 앞머리를 놀려서 도와주려다 비롯된 행동이었음을 알게 된 것이다.

〈매듭〉의 민지가 당하고 있는 고통과 절망은 격심한 경쟁에서 온다. 우리 사회가 어린이와 청소년을 숨 막히는 무한 경쟁으로 내몰고 있는 현실은 더 이상 논란거리라 할 수도 없다. 수학이나 과학에 대한 흥미는 최저이면서 국제 경시대회의 1, 2위를 휩쓰는 아이러니가 너무나 명백하게 보여 주듯이 말이다. 1인칭 시점으로 서술되는 이 작품에서 '나'인 주인공 민지는 열등감에 시달리고 있다. 민지에게 열등감을 안겨 주는 존재는 김리리다. 리리는 초등학교 때 함께 나간 피아노 대회에서 우승을 하고, 민지가 좋아하는 진우까지 차지해 버린다. 그런 리리가 이제 같은 중학교로 전학을 오면서 민지의 열등감은 심각한 상태가 된다. 그런데 민지를 경쟁으로 내몰며 열등감을 부채질하는 또 다른 존재는 1등에 집착하는 아빠다. 가장 가깝고 사랑을 줘야 할 사람이 오히려 열등감의 늪으로 빠뜨린다는 점에서 민지의 고통과 절망은 뿌리가 깊다. 리리를 미술실에 가둬 버리는 민지의 폭력적인 행위는 이런 왜곡된 경쟁이 낳은 결과라 할 것이다.

이 작품집에서 작가는 고통과 절망에 빠진 주인공들을 힘 있는 문장으로 강렬하게 제시하고 있다. 그렇지만 작가가 진정으로 말하고 싶은 것, 이 작품들로 부르고 싶은 노래는 희망일 것이다. 우리 청소년들이 심각한 폭력에서 벗어나고, 개인적인 상처에 당당하게 맞서고, 왜곡된 경쟁에서 해방되기를 간절하게 염원하는 희망! 문학은 고통과 절망으로 희망의 노래를 부르는 역설을 기꺼이 허락하는 예술이니까.

배봉기(작가, 광주대학교 교수)

시공 청소년 문학 | 중 · 고등학생 이상 권장 도서

1 아빠는 아프리카로 간 게 아니었다 마르야레나 렘브케 지음 | 이은주 옮김 | 156쪽 | 7,500원
한우리 권장 도서 · 책교실 추천 도서

2 안데스의 비밀 앤 놀란 클라크 지음 | 공경희 옮김 | 188쪽 | 7,500원
뉴베리 상 수상 · 책교실 추천 도서 · 경기도교육청 추천 도서 · 서울시교육청 전자도서관 추천 도서

3 열네 살, 그 여름의 이야기 마르티나 빌드너 지음 | 문성원 옮김 | 312쪽 | 8,500원
페터 헤르틀링 상 수상 · 책교실 추천 도서 · 경기도교육청 추천 도서 · 서울시교육청 전자도서관 추천 도서

4 세상 끝 외딴 섬 유대인 자매 이야기 1부 아니카 토어 지음 | 임정희 옮김 | 356쪽 | 8,500원
독일 아동청소년 문학상 수상 · 어린이문화진흥회 선정 도서 · 밀드레드 L. 배철더 상 수상

5 연꽃 연못가에서 유대인 자매 이야기 2부 아니카 토어 지음 | 임정희 옮김 | 292쪽 | 8,500원

6 소중한 사람들 유대인 자매 이야기 3부 아니카 토어 지음 | 임정희 옮김 | 300쪽 | 8,500원

7 또 다른 세상으로 유대인 자매 이야기 4부 아니카 토어 지음 | 임정희 옮김 | 336쪽 | 8,500원

8 빛은 어떤 맛이 나는지 프리드리히 아니 지음 | 이유림 옮김 | 300쪽 | 8,500원 | 아침독서운동 추천 도서

9 비밀의 시간 마르야레나 렘브케 지음 | 김영진 옮김 | 168쪽 | 7,500원
오스트리아 아동청소년 문학상 명예 도서 · 어린이도서연구회 권장 도서

10 돌이 아직 새였을 때 마르야레나 렘브케 지음 | 김영진 옮김 | 132쪽 | 7,500원
오스트리아 아동청소년 문학상 수상 · 한우리 권장 도서 · 아침독서운동 추천 도서 · 청소년출판협의회 추천 도서

11 함메르페스트로 가는 길 마르야레나 렘브케 지음 | 김영진 옮김 | 204쪽 | 7,500원
한국간행물윤리위원회 청소년 권장 도서 · 아침독서운동 추천 도서
어린이도서연구회 권장 도서 · 전국학교도서관담당교사모임 추천 도서

12 난 버디가 아니라 버드야! 크리스토퍼 폴 커티스 지음 | 이승숙 옮김 | 304쪽 | 8,500원
뉴베리 상 수상 · 전국학교도서관담당교사모임 추천 도서 · 경기도교육청 추천 도서 · 서울시교육청 전자도서관 추천 도서

13 차가운 물 요아힘 프리드리히 지음 | 김영진 옮김 | 448쪽 | 9,500원
독일 아동청소년 문학상 추리 부문 수상 작가

14 검정새 연못의 마녀 엘리자베스 조지 스피어 지음 | 이주희 옮김 | 348쪽 | 8,500원
뉴베리 상 수상 · 미국도서관협회(ALA) 선정 주목할 만한 책
어린이도서연구회 권장 도서 · 경기도교육청 추천 도서 · 서울시교육청 전자도서관 추천 도서

15 드림, 소녀 & 위험한 파이 조단 소넨블릭 지음 | 김영선 옮김 | 288쪽 | 8,500원
아침독서운동 추천 도서 · 책따세 추천 도서 · 전국학교도서관담당교사모임 추천 도서 · 경기도교육청 추천 도서
서울시교육청 전자도서관 추천 도서

16 푸른 눈의 인디언 전사 타탕카 버질 포츠 지음 | 임정희 옮김 | 536쪽 | 10,000원
부산시교육청 청소년 독서능력 경진대회 선정 도서 · 경기도교육청 추천 도서 · 서울시교육청 전자도서관 추천 도서

17 한 광대가 자란다 요나스 가르델 지음 | 임정희 옮김 | 372쪽 | 9,000원 | 어린이문화진흥회 선정 도서

18 마지막 재즈 콘서트 조단 소넨블릭 지음 | 김영선 옮김 | 288쪽 | 8,500원 | 한국출판인회의 선정 도서
어린이도서연구회 권장 도서 · 경기도교육청 추천 도서 · 서울시교육청 전자도서관 추천 도서

19 황금나무 박윤규 지음 | 116쪽 | 7,000원

20 깡마른 마야 코슈카 지음 | 이정주 옮김 | 106쪽 | 7,000원 | 전국학교도서관담당교사모임 추천 도서

21 삶이 먼저다 안느 마리 폴 지음 | 이정주 옮김 | 140쪽 | 7,500원 | 어린이문화진흥회 선정 도서

22 킬리만자로에서, 안녕 이옥수 지음 | 232쪽 | 8,000원 | 서울시교육청 전자도서관 추천 도서
어린이문화진흥회 선정 도서 · 대한출판문화협회 선정 도서 · 아침독서운동 추천 도서
전국학교도서관담당교사모임 추천 도서 · 국립어린이청소년도서관 사서 추천 도서 · 경기도교육청 추천 도서

23 왓슨 가족, 버밍햄에 가다 크리스토퍼 폴 커티스 지음 | 정회성 옮김 | 320쪽 | 8,500원
뉴베리 아너 상 수상 · 코레타 스콧 킹 아너 상 수상 · 골든 카이트 상 수상
퍼블리셔스 위클리 최고의 책 · 청소년출판협의회 추천 도서 · 전국학교도서관담당교사모임 추천 도서
미국도서관협회(ALA) 청소년을 위한 최고의 책 · 경기도교육청 추천 도서 · 서울시교육청 전자도서관 추천 도서

24 횃불을 든 사람들 로즈마리 서트클리프 지음 | 공경희 옮김 | 420쪽 | 9,500원
카네기 상 수상 · 어린이문화진흥회 선정 도서

25 하늘에 던지는 외침 구마가이 다쓰야 지음 | 권남희 옮김 | 372쪽 | 9,000원
어린이문화진흥회 선정 도서 · 아침독서운동 추천 도서

26 열일곱 살 아빠 마거릿 비처드 지음 | 햇살과나무꾼 옮김 | 256쪽 | 8,000원 | 전국학교도서관담당교사모임 추천 도서
북새통 우수 도서 · 어린이문화진흥회 선정 도서 · 아침독서운동 추천 도서 · 어린이도서연구회 권장 도서
미국도서관협회(ALA) 청소년을 위한 최고의 책 · 스쿨 라이브러리 저널 올해 최고의 책

27 키스 재클린 윌슨 지음 | 닉 샤랫 그림 | 이주희 옮김 | 440쪽 | 10,500원
학교도서관저널 추천 도서 · 경기도교육청 추천 도서 · 서울시교육청 전자도서관 추천 도서

28 발차기 이상권 지음 | 172쪽 | 8,000원 | 책따세 추천 도서 · 국립어린이청소년도서관 사서 추천 도서
문화체육관광부 선정 우수교양도서 · 전국 독서새물결모임 선정 도서
학교도서관저널 추천 도서 · 전국학교도서관담당교사모임 추천 도서

29 완벽하게 행복한 날 앤 파인 지음 | 이주희 옮김 | 232쪽 | 8,000원 | 전국학교도서관담당교사모임 추천 도서

30 행복한 롤라 로즈 재클린 윌슨 지음 | 닉 샤랫 그림 | 이은선 옮김 | 392쪽 | 9,500원 | 아침독서운동 추천 도서

31 구라짱 이명랑 지음 | 280쪽 | 9,000원 | 전국학교도서관담당교사모임 추천 도서 · 학교도서관저널 추천 도서
어린이도서연구회 권장 도서 · 경기도교육청 추천 도서 · 서울시교육청 전자도서관 추천 도서 · 서귀포시민의책 선정 도서

32 정상에 오르기 3미터 전 롤랜드 스미스 지음 | 김민석 옮김 | 384쪽 | 9,000원
미국도서관협회(ALA) 선정 최우수 청소년 도서 · 전국학교도서관담당교사모임 추천 도서 · 학교도서관저널 추천 도서
어린이도서연구회 권장 도서 · 북리스트 편집자 상 수상 · 전미 아웃도어 상 수상

33 제레미 핑크, 비밀 상자를 열어라! 웬디 매스 지음 | 모난돌 옮김 | 448쪽 | 9,500원 | 어린이문화진흥회 선정 도서

34 우리 모두 별이야 웬디 매스 지음 | 장현주 옮김 | 408쪽 | 9,000원
한국간행물윤리위원회 청소년 권장 도서 · 학교도서관저널 추천 도서 · 한우리 권장 도서
아침독서운동 추천 도서 · 어린이도서연구회 권장 도서 · 어린이문화진흥회 선정 도서
미국 청소년도서협회 선정 우수 도서 · 경기도교육청 추천 도서 · 서울시교육청 전자도서관 추천 도서

35 껍질을 벗겨라! 조앤 바우어 지음 | 이주희 옮김 | 348쪽 | 9,000원 | 아침독서운동 추천 도서
학교도서관저널 추천 도서 · 어린이문화진흥회 선정 도서 · 미국도서관협회(ALA) 청소년을 위한 최고의 책

36 마루 밑 캐티 아펠트 지음 | 데이비드 스몰 그림 | 박수현 옮김 | 396쪽 | 9,500원
뉴베리 아너 상 수상 · 전미 도서상 최종 후보작 · 미국도서관협회(ALA) 선정 주목할 만한 책
북리스트 선정 청소년을 위한 책 · 대한출판문화협회 선정 도서 · 경기도교육청 추천 도서 · 서울시교육청 전자도서관 추천 도서

37 반딧불이 핑퐁 조준호 지음 | 180쪽 | 8,500원
어린이문화진흥회 선정 도서 · 아침독서운동 추천 도서 · 학교도서관사서협의회 추천 도서

38 폴리스맨, 학교로 출동! 이명랑 지음 | 256쪽 | 9,000원
《무비위크》 선정 충무로가 탐내는 책 · 책읽는사회문화재단 우수문학도서
한우리 권장 도서 · 경기도교육청 추천 도서 · 서울시교육청 전자도서관 추천 도서

39 몽키맨을 아니? 도리 힐레스타드 버틀러 지음 | 장미란 옮김 | 280쪽 | 8,500원
마크 트웨인 상 수상 · 샬롯 상 수상 · 아이오와 어린이 초이스 상 수상 · 스콜라스틱 북 클럽 선정 도서
캔자스 주 선정 최고의 책 · 펜실베이니아 주 선정 청소년 베스트 도서
아침햇살 추천 도서 · 한우리 권장 도서 · 경기도교육청 추천 도서 · 서울시교육청 전자도서관 추천 도서

40 몽키맨을 알고 있어! 도리 힐레스타드 버틀러 지음 | 장미란 옮김 | 280쪽 | 8,500원

41 2시간 17분 슈퍼스타 가제노 우시오 지음 | 김미영 옮김 | 320쪽 | 9,500원
어린이문화진흥회 선정 도서 · 학교도서관저널 추천 도서

42 차마 말할 수 없는 이야기 카롤린 필립스 지음 | 김영진 옮김 | 216쪽 | 8,500원
2011 오스트리아 아동청소년 도서상 수상 · 어린이도서연구회 권장 도서

43 재회 시게마쓰 기요시 지음 | 김미영 옮김 | 424쪽 | 9,500원
경기도교육청 추천 도서 · 서울시교육청 전자도서관 추천 도서 · 나오키 상 수상 작가 · 어린이문화진흥회 선정 도서

44 독수리 군기를 찾아 로즈마리 서트클리프 지음 | 김민석 옮김 | 440쪽 | 10,000원
아침햇살 추천 도서 · 위즈키즈 선정 이달의 책 · 카네기 상 수상 작가

45 라디오에서 토끼가 뛰어나오다 남상순 지음 | 168쪽 | 8,500원
2011 경기문화재단 우수예술프로젝트 선정 사업 수혜작 · 평화방송 추천 도서 · 경기도교육청 추천 도서
고래가숨쉬는도서관 추천 도서 · 책읽는사회문화재단 우수문학도서 · 서울시교육청 전자도서관 추천 도서

46 이름을 훔치는 페퍼 루 제럴딘 머코크런 지음 | 조동섭 옮김 | 344쪽 | 9,500원
카네기 상 수상 작가 · 휘트브레드 아동문학상 수상 작가 · 2011 카네기 상 후보작
한국간행물윤리위원회 청소년 권장 도서 · 경기도교육청 추천 도서 · 서울시교육청 전자도서관 추천 도서

47 달의 노래 호다카 아키라 지음 | 김미영 옮김 | 224쪽 | 9,000원
'포플라사 소설 대상' 우수상 수상 · 학교도서관저널 추천 도서 · 어린이도서연구회 권장 도서

48 충분히 아름다운 너에게 쉰네 순 뢰에스 지음 | 손화수 옮김 | 240쪽 | 8,500원
브라게문학상 수상 작가 · 국립어린이청소년도서관 사서 추천 도서

49 너를 위한 50마일 조단 소넨블릭 지음 | 김영선 옮김 | 288쪽 | 9,000원
한국간행물윤리위원회 청소년 권장 도서 · 아침독서운동 추천 도서

50 개님전(傳) 박상률 지음 | 176쪽 | 9,000원 | 아침독서운동 추천 도서 | 전국독서새물결모임 선정 도서

51 마녀를 꿈꾸다 이상권 지음 | 272쪽 | 9,000원 | 고래가숨쉬는도서관 추천 도서 · 전국독서새물결모임 선정 도서

52 사자의 꿈 최유정 지음 | 212쪽 | 8,500원 | 고래가숨쉬는도서관 추천 도서 · 책읽는사회문화재단 우수문학도서

53 인간 합격 데드라인 남상순 지음 | 216쪽 | 8,500원
책읽는사회문화재단 우수문학도서 · 아침독서운동 추천 도서 · 고래가숨쉬는도서관 추천 도서

54 우리는 고시촌에 산다 문부일 지음 | 188쪽 | 8,500원
서울문화재단 예술창작지원금 수혜작 · 책읽는사회문화재단 우수문학도서 · 아침독서운동 추천 도서

55 빨간 지붕의 나나 선자은 지음 | 252쪽 | 9,000원 | 살림 청소년문학상 수상 작가 · 세종도서 문학나눔 선정 도서

56 광인 수술 보고서 송미경 지음 | 132쪽 | 8,000원 | 한국출판문화상 대상 수상 작가

*시공 청소년 문학은 계속 출간됩니다.